休養院的奇妙故事開始了，

現在是「拆信貓時間」！

拆信貓

奇妙事件簿 ④

記憶失靈的格子太太

徐玲 著

新雅文化事業有限公司
www.sunya.com.hk

拆信貓

脾氣好，本事大，當她把粉紅的鼻頭貼近信紙嗅一下，嘴巴裏打出一連串呼嚕，腦袋一歪，用嘴邊最鋒利的一根鬍鬚劃開信封，信就有了栀子花的香甜味兒和不一樣的神奇與美好，讓收信人感受到寫信人內心的善良與愛，讀到其心底最溫暖的想法……

格子太太

記性越來越差的可愛婆婆，不記得剛剛發生的事情，只記得以前發生的事情。

快來認識故事裏的角色吧！

旅行兔

靈活的胖子，曾經是大廚，現在是保安員，喜歡吃餅乾，忠誠地守護着休養院。

喜愛旅行的白兔，愛吃拆信貓做的梔子花餅乾，愛嘮叨、愛幻想、愛冒險。

龍醫生

休養院的帥氣醫生，能把白色的長袍子穿出時裝的感覺，很有愛。

長頸鹿先生

老實可靠的郵差，不知疲倦地奔波在送信的路上。

郝姐姐

溫柔的護士姐姐，有長長的鬈髮，說話聲音很好聽。

目錄

引子   6

第一章   對着風扇唱歌   7

第二章   給一隻貓送盤子去   14

第三章   如果記性是一瓶水   21

第四章   格子太太的第一封信   30

第五章   塔塔是個淘氣的孩子   37

第六章   格子太太想出走   44

第七章   心中最重要的人   51

第八章   格子太太的第二封信   56

第九章   會走路的風扇   63

第十章   塔塔的故事   71

第十一章　　　牠們是牠們　　　　　　　　　80

第十二章　　　被關在籠子裏　　　　　　　86

第十三章　　　山南邊的消息　　　　　　　93

第十四章　　　格子太太的第三封信　　　101

第十五章　　　一個好消息，一個壞消息　108

第十六章　　　格子太太的第四封信　　　115

第十七章　　　收到第五、六、七封信　　124

第十八章　　　鴿羣往南飛　　　　　　　133

引子

　　山的北面橫着一條河，河邊是一大片草地，草地上鼓起一幢幢好看的別墅，最前面的那幢像一朵蘑菇，門口插着一塊白色的牌子，上面寫着：山北休養院。

　　每個星期天的中午，長頸鹿先生會把信送到休養院。休養院裏的客人有的心情不好，有的脾氣不好，有的已經很老了，有的病得不輕。那些信，有的令人高興，有的卻充滿悲傷。對大家來說，每次拆信都是愉快而又緊張的。幸運的是，來了一隻拆信貓……拆信貓拆開的信，每一封都帶着山南邊梔子花的香甜味兒，帶着意想不到的神奇和美好。

第一章

對着風扇唱歌

爐子裏烤着餅乾，餐桌上擺着水果茶，夏天的風把窗簾掀開，一個胖胖的身影正慢慢靠近木屋。

木屋裏，旅行兔正跪在地板上對着風扇唱歌。

這是一台小小的風扇，三片淡綠色的葉子裸露在外面，鏽跡斑斑，底座是棕色的，油漆一塊塊剝落。它是從休養院的客房裏淘汰下來的，拆信貓從護士郝姐姐那兒把它要回來，放在沙發椅旁邊的地板上，這樣，整間屋子看起來就涼快多了。

　　這時候風扇的三片葉子正竭力地旋轉着，發出「呼呼呼」的聲音，單薄的底座不斷在顫動。

　　旅行兔向前拱了拱身子，伸了伸腦袋，好讓嘴巴離風扇更近一些。事實上，他的嘴巴已經快要貼到三片葉子上了。

　　「你問我山的南邊有什麼，我什麼都不告訴你。這個世界藏着那麼多奧秘，等着旅行者自己去發現……」

　　這怎算是唱歌，分明就是在瘋狂吼叫。

　　拆信貓一會兒跳上椅子，一會兒又跳下來，跳上跳下，心煩意亂。

　　她擔心旅行兔的嘴巴會被三片快速旋轉的葉子切下來。旅行兔的嘴巴可以吃東西、可以說話！

　　她擔心旅行兔的耳朵會被三片葉子捲進去。旅行兔的耳朵長得很神氣！

　　她擔心顫抖着的風扇會突然倒下來，壓扁旅行兔的腦袋。旅行兔

的腦袋很聰明！

拆信貓摸摸鬍子，抬頭望了望圓圓的屋頂，她擔心屋頂會被旅行兔的歌聲掀翻。

擔心着擔心着，拆信貓覺得自己快要崩潰了。

旅行兔終於唱累了，一屁股坐下來，摸着胸膛喘氣。

拆信貓連忙跑過去把風扇關掉。

世界一下子安靜下來。

「你唱歌就唱歌吧，幹麼對着風扇唱？」拆信貓拍拍心口，「好險啊！」

「你猜。」旅行兔晃晃耳朵，眨了眨眼睛。

拆信貓扭頭看了看風扇，說：「知道了。對着風扇唱歌，涼快。這天太熱了。」

「你再猜。」旅行兔搖搖頭，從地板上站起來，跑去餐桌邊喝水果茶。

拆信貓很努力地思考着，直到旅行兔「咕嘟咕嘟」把滿滿一壺水果茶喝完，她都沒有思考出什麼答案來。

　　旅行兔抹着嘴巴走過來，摸了摸拆信貓的腦袋，拖着長音說：「叫你笨蛋你還不服。」

　　「不可以叫我笨蛋。」拆信貓鼓起腮頰。

　　「難道你沒聽出來嗎？對着風扇唱歌，歌聲特別動聽！」旅行兔雙手叉着腰，盡量站得很神氣，「我現在不對着風扇唱，你聽聽，然後我再對着風扇唱，你再聽聽，比較一下，你就會發現對着風扇唱出來的歌，跟不對着風扇唱出來的歌完全不一樣，那才叫好聽……」

　　旅行兔說完，清了清嗓門，又要開始唱歌。

　　拆信貓感到自己真的要崩潰了。

　　「砰砰砰……」木屋的門被敲響了。

　　「先別唱，看看誰來了。」

　　拆信貓飛奔過去打開門，一個被碎花連衣裙包裹着的圓滾滾身體出現在門口。

　　「噢，格子太太，您真漂亮。」拆信貓抬起大臉說。

　　「謝謝你。」格子太太高興地笑了，笑出三個下巴。

「您的傘是在哪兒買的呢？」拆信貓指了指格子太太撐着的傘。

　　格子太太的三個下巴不見了兩個，肉嘟嘟的臉繃得緊緊的。

　　拆信貓連忙說：「噢……我是說，不光是您的傘，您這條連衣裙，還有您化的妝，您整個人都很漂亮，很有氣質。」

　　格子太太又露出笑臉，一邊笑一邊說：「我是來還你盤子的。你有個盤子留在我的房間裏了。」

　　說完，她低頭看自己的手。

　　左手撐着太陽傘，右手空空的。

　　「哎呀，我忘了拿盤子！」格子太太叫起來，叫聲比旅行兔對着風扇唱歌的聲音還要刺耳。

　　拆信貓只感到腦袋嗡嗡作響，看看屋頂，還在。

　　「格子太太，您好啊！您來得正好，我在唱歌呢！來來來，快進來，我唱歌給您聽。您大概

11

不知道，對着風扇唱歌，歌聲會非常美妙……」
旅行兔跳過來，嘰哩呱啦說了一大堆。

　　拆信貓心想：完了完了，多了個聽眾，旅行
兔這次唱得更起勁了！屋頂肯定要被掀翻了！

　　偏偏格子太太對旅行兔的歌聲不感興趣。她
在門口站着，一會兒抓抓頭，一會兒咂咂嘴，好
像很努力地想清楚一個問題。

　　「格子太太，外面太熱了，進來喝杯水果茶
吧。我的餅乾也快烤好了，一起吃些吧。」拆信
貓很有禮貌地邀請格子太太，並且側過身讓出一
條通道。

　　「請進請進。」旅行兔站在拆信貓身後，向
格子太太做了個「請」的手勢，嘴巴裏繼續嘰哩
呱啦，「這種天氣千萬要注意身體，以防中暑，
喝着水果茶聽我唱歌，不要太享受哦！您不知道
拆信貓有多幸運，居然可以聽我唱那麼多歌，現
在您來了，您也有這份幸運……」

　　「明明是來還盤子的，卻忘了拿盤子，我的
記性實在是太差了……」格子太太根本沒聽到旅

行兔說話，她正皺着眉頭生自己的氣呢。

拆信貓說：「不用急着還盤子。進來坐坐吧。」

格子太太搖搖頭說：「我得去拿盤子。這次可不能再空着手過來，一定不要忘了拿盤子⋯⋯」

說完，她轉過身，慢慢地走進草地，往休養院走去。

「可憐的格子太太，住到休養院一個多星期了，記性一點都沒變好。」拆信貓望着格子太太的背影，難過地說。

「拆信貓，你不是不承認自己是個笨蛋嗎！那就趕緊想辦法幫幫格子太太吧！」旅行兔跑去把風扇啟動，「快坐下快坐下，我又要唱歌啦！」

拆信貓摀住耳朵，躲進了廚房。

爐子裏的梔子花餅乾已經烤好了，整間木屋都變得香噴噴的。

第二章

給一隻貓送盤子去

　　格子太太坐在 1 號別墅的屋簷下，盯着不遠處的鴿羣發呆。

　　她的裙擺鋪散在灰白色的地磚上，腰部被箍出厚厚的游泳圈，兩隻手臂吃力地交叉在胸前，額頭上冒着汗，一縷花白的頭髮垂到腮邊，打着卷兒。

　　「您在看什麼？格子太太。」郝姐姐端着果盤走過來，緊挨着格子太太坐下，把果盤遞過去，「山南邊剛送來的水蜜桃和梨，我正想給您送去，沒想到您在這兒。」

　　格子太太沒有理會郝姐姐，也沒有看到果

14

盤，她的目光像個罩子一樣，罩在鴿羣身上，罩得結結實實，不肯挪動一絲一毫。

「牠們是休養院的老朋友。」郝姐姐說，「您這麼喜歡牠們，如果牠們會說話，一定飛過來跟您打招呼。」

格子太太仍然沒有任何反應，額頭上的汗順着臉龐流下來，匯聚在脖子的褶皺裏。

郝姐姐把果盤放到一邊，抬起纖巧的手掌為格子太太搧風。

格子太太注視着鴿羣，眼睛一眨也不眨。

「這兒太熱了，我們走進屋子裏吧。」郝姐姐站起身，挽住格子太太的臂膀。

「牠們是從哪兒飛來的？」格子太太終於說話了，眼睛卻仍舊沒有離開鴿羣，「這些鴿子是從哪兒飛來的？」

「誰知道呢！也許是山南邊，也許不是，可能一開始沒這麼多。但牠們漸漸覺得這兒特別漂亮，特別舒適，就呼朋引伴，隊伍慢慢變得強大起來。」郝姐姐微笑着回答。

格子太太呼了口氣，展開手心裏握着的手帕，擦起汗來。

　　「我們進去吧，格子太太。」

　　「不。」格子太太扭頭看了一眼郝姐姐，「我要在這兒看鴿子。我想知道牠們是從哪兒飛來的。」

　　郝姐姐看看不遠處的鴿羣，再看看格子太太執着的表情，無奈地搖搖頭，留下果盤，走開了。

　　幾分鐘後，在龍醫生的辦公室裏，郝姐姐愁眉緊鎖，神情有些凝重。

　　「格子太太不僅記性不好，我覺得她的智力好像也出現了問題。」郝姐姐說。

　　「你的意思是，格子太太有可能得了認知障礙症？」龍醫生擺擺手，「相信我，她不是。」

　　「那為什麼她的記性這麼差，而且思維和正常人很不一樣呢？」

「也許……並不是身體的原因，而是……心病。」龍醫生說，「想要幫助格子太太，就得先了解她，知道她在想什麼，為什麼想這些東西等等。」

郝姐姐歎了口氣，說：「那就急不得了，要慢慢來。」

天氣實在是太炎熱了，鴿羣「呼」的一聲飛走，草地一下子恢復了平靜。格子太太感到自己有些暈乎乎的。她慢慢站起來，揉揉雙腿，甩甩胳膊，走進 1 號別墅。

她走在長長的走廊裏，不記得自己住哪間房間。

每經過一間房間，她就在門口站定，抬起頭仔細看一看門牌號碼，然後搖搖頭走開。

直到走完整條走廊，她都不能確定哪間房間是她的。

她從走廊那頭折回來，重新經過每間房間。

這樣反覆了幾次之後，她在一扇房門前站定，想了想，把門推開。

「幹麼？在穿衣服呢！」一個聲音說。

格子太太嚇了一跳，剛想退出門去，卻瞥見一個禿頂老頭坐在牀上，懷裏抱着一隻小狗，他正在給小狗穿衣服。

那隻小狗實在是太小，比一個拳頭大不了多少，渾身雪白，兩隻黑色的眼睛一眨也不眨。

那件紅色的背心實在是太難看了，看起來是用皺紋紙做的，簡直滑稽到極點。

「你進來不敲門嗎？」老頭說着，抬起頭，「哦，我認得你，你是新來的格子太太！好吧，歡迎你光臨我們的房間。」

格子太太愣在原地，眼睛盯着那隻雪白的小狗。

「哦，忘了介紹我自己。嗯……怎麼說呢，我是休養院的老客人了，大家都叫我園丁。」

「牠怎麼不動？」格子太太忍不住哈哈大笑，「原來它是個玩具！哈哈，它是個玩具！你竟然給一隻玩具狗穿衣服！」

「誰說玩具狗就不能穿衣服！」園丁向她招

招手，「能過來幫個忙嗎？這件背心大概做得有點小，而且這種劣質的材料不能用力扯，所以穿起來很費力……」

沒等園丁說完，格子太太就走過去，一屁股坐到牀沿上，把玩具狗從園丁手上接過去，說：「給孫子穿衣服這種事情，對我來說太簡單了……」

「從來沒有人知道我在心裏叫它孫子。格子太太，這真是難以置信，但我必須相信，你是世界上最聰明的人！」園丁驚叫起來，腮頰凹進去，大眼睛瞪起來，樣子好嚇人。

格子太太也跟着瞪起眼睛，呆了片刻，忽然嚷着說：「你剛剛說你是誰？你說你是木匠？對了，我怎麼會在這兒呢？我要給一隻貓送盤子去。」

「我不是木匠，我說我叫園丁。」

「哦，園丁。」格子太太咂咂嘴，「你說你叫什麼？」

第三章

如果記性是一瓶水

　　格子太太每天都嚷着要給一隻貓送一個盤子，因為盤子是那隻貓留在她房間裏的，然而接連好幾天，她都沒有去找「那隻貓」。

　　拆信貓決定隆重地拜訪一下格子太太，並且主動把那個留在格子太太房間裏的雪白盤子拿回來。

　　「你想到幫助格子太太的辦法嗎？」旅行兔嚼着餅乾問。

　　「沒有。」拆信貓說。

　　「說實話，你給自己的智商打多少分？」

　　旅行兔問完，吐了吐舌頭。他盤腿坐在地板

上，緊挨着那台快要散掉的風扇。那個放着餅乾的雪白盤子擱在他的大腿上。

「智商？打分？」拆信貓摸了摸長長的鬍鬚，咂咂嘴，「大概沒多少分吧。不過，請你不要叫我笨蛋。」

旅行兔晃晃長耳朵，哈哈笑了：「你如果不笨，怎麼會守着木屋，守着旁邊的休養院，一天也不離開？你覺得休養院的客人沒有你就活不下去嗎？你真的沒想過和我一起去旅行嗎？哪怕就出去很短的幾天時間。」

拆信貓從窗台上跳下來，在地板上踱步。

「好吧，不說這事情了，說說我的旅行計劃吧。」旅行兔站起來，托着盤子走來走去，「這次我是想去……」

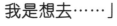

「要想幫助格子太太，必須先了解她，知道她在想什麼，為什麼想這些東西等等。這是龍醫生告訴

我的。」拆信貓打斷旅行兔的話，「所以……我要跟格子太太多說說話。」

「我最喜歡說話了，你帶我一起去吧。」旅行兔看了一眼地板上的風扇，很認真地說，「我還可以把這台風扇抱過去，對着風扇為格子太太唱歌，我的歌聲那麼動聽，格子太太一定會喜歡的。」

拆信貓使勁搖搖頭說：「算了算了，你還是好好待在木屋裏吃餅乾、發呆、睡覺吧。」

「你不怕我留下一張字條說走就走嗎？別忘了我是旅行兔，我每次旅行從來都是說走就走的。」

「不管你去哪兒，記得回來就好。」拆信貓看着旅行兔帥得過分的臉，有些傷感又很無奈地說，「你每次都留下一張字條不辭而別，我已經習慣了。」說完她拿起一把大花傘，把門拉開。

「等等。」旅行兔大聲說，「待會回來的時

候，能不能從休養院幫我帶一根生菜和兩片香腸？你的木屋裏只有餅乾，我擔心自己營養不良。」

拆信貓點點頭：「沒問題。」

午後的太陽火辣辣地照耀大地，拆信貓撐着大花傘快步走向休養院。

田大廚從警衞室跳出來，遞過來一條毛巾。

「快擦擦汗吧，你的鬍子都濕了。」

拆信貓沒有接過那條毛巾，也沒有停下腳步。

「我要去找格子太太，好好跟她說說話。」

「這個時候，格子太太應該在午睡。」田大廚說。

「那麼，我在她門外等她醒來。」拆信貓收住腳步，摸了摸臉上的汗，抬起大臉，「我要讓她看到我的誠意，讓她感覺到我想在她身邊，想陪伴她、幫助她。」

田大廚給拆信貓做了一個加油的手勢。

拆信貓收起大花傘，走進 1 號別墅，找到格

子太太的房間，在門口趴下。

待會兒格子太太一開門就能見到我，真好。拆信貓這麼想着，不知不覺睡着了。

直到走廊裏傳來動靜，拆信貓才慢慢醒來。

「你是貓？」

拆信貓抬起眼睛，看見格子太太半蹲着肥胖的身子，一本正經地看着她。

「我是拆信貓。」拆信貓站起來，抖抖身體，晃晃腦袋，微笑着說，「我是來陪您說話的，格子太太。」

「噢，拆信貓。沒錯，你叫拆信貓。」格子太太把拆信貓抱在懷裏，撫摸她漂亮的腦袋，「我記着呢，要把一個盤子還給你。要不是剛剛去給院子裏那些鴿子餵東西，我早就把盤子給你送去了。」

「不急不急。」拆信貓說，「您把盤子交給我，我自己帶回去。」

「那我們進去吧。」格子太太露出慈祥的笑臉和厚嘟嘟的三個下巴。

可是，格子太太看了看眼前的房間號碼，眉頭皺了起來。

她覺得自己走錯了房間。

於是，她抱着拆信貓在長長的走廊裏走來走去，尋找自己的房間。

最後，在拆信貓的幫助下，格子太太回到最初的那扇門，把門打開。

「唔，還好，這回沒有走錯。」格子太太把拆信貓放下，走到搖椅邊，身體往後一仰，結結實實地坐下，呼了口氣。

拆信貓趴在格子太太的腳邊，幫她按摩腳底。忽然，拆信貓瞥見牀上的枕頭邊露出雪白盤子的一角。

　　格子太太是有多喜愛這個盤子，居然把它藏在枕頭下。

　　「格子太太，您要不要喝點水再睡呢？我看您的樣子有些口渴哦。」

　　「水？噢，我的記性越來越差了。如果記性是一瓶水，那麼我那瓶水只剩下瓶底了，所以我得保護它，所以我住到休養院。可是，到了休養院，我的水還是沒有變多……沒有變多……」

　　話沒說完，格子太太打起了呼嚕。

　　拆信貓安靜地蹲在格子太太的腳邊，默默陪伴着她。

　　　　　　＊　　　　　　＊　　　　　　＊

　　太陽緩緩沉下山去，拆信貓捧着雪白的盤子從格子太太的房間走出來，去了一趟廚房，要了一根生菜和兩片香腸，然後拖着大花傘回木屋去。

　　「你要的生菜和香腸來啦！」拆信貓推開木屋的門。

屋子裏靜悄悄的。

餐桌上放着一本簇新的日記簿，淡淡的藍色封面上，印着一隻腳印——貓的腳印。日記簿下面壓着一張字條：

> 一根生菜、兩片香腸，快把它們從左往右擺好。看，是不是100分？在我心裏，你的智商是100分。咳，你都沒有好好聽聽我這次的旅行計劃。告訴你吧，我要去找一個辦法，讓你可以看到外面的世界。我去找了，你要想着我哦！

拆信貓把一根生菜、兩片香腸從左往右擺好。

「嗯，是100分。」她抽抽鼻子，有點兒想哭。

29

第四章

格子太太的第一封信

又到星期天了。

長頸鹿先生從山南邊趕過來的時候，拆信貓的梔子花餅乾已經烤好了。長頸鹿先生是個郵差，每個星期天的中午，他都會把信送到山北休養院。

長頸鹿先生敲了敲木屋的玻璃窗，拆信貓隔着玻璃窗對這位老朋友揮了揮手，提着一袋餅乾走出去。

「你掉進河裏去嗎？渾身濕漉漉的。」拆信貓抬起大臉看着長頸鹿先生。

長頸鹿先生慢慢蹲下來，瞇着眼睛說：「天

氣太熱了，跑起來就沒完沒了地出汗。」

「那你為什麼不慢慢地走呢？」

「你見過慢慢走路的郵差嗎？那麼多人等着我送信，我恨不得插上翅膀飛過去呢！」

「哦，長頸鹿先生，如果你巨大的身體插上翅膀的話，就是一架巨型的飛機了！」拆信貓歪着腦袋想像，「嗯……那樣你就可以飛過高高的山，很省力地從山南邊來到山北邊，真好。」

長頸鹿先生不停地抹着腦袋上的汗。

「可惜你長得太高大了，沒辦法到我屋子裏去，不然，我的那台風扇可以讓你涼快一些。」

拆信貓說着，回到木屋，拿了毛巾和果汁，跑出來遞給長頸鹿先生。

長頸鹿先生「咕嘟咕嘟」喝完果汁，用毛巾擦起汗來。

可是，拆信貓的毛巾太小了，長頸鹿先生的身體那麼龐大，根本擦不過來。

拆信貓再次回到木屋，把自己的牀單拖出來，給長頸鹿先生擦汗。

可是，拆信貓的牀單比毛巾大不了多少，長頸鹿先生還是擦不過來。

「我來幫你一起擦吧。」

拆信貓又從木屋裏拖出一張牀單，爬上長頸鹿先生的後背，為他擦起汗來。

「謝謝你哦。」長頸鹿先生很不好意思。

「這個星期的信多不多？」

「挺多的。」

「有格子太太的信嗎？我是說，休養院新來的格子太太。她是個可愛的婆婆。」

「格子太太……不記得了。你把郵包打開看看。」

拆信貓把長頸鹿先生帶着的郵包打開，一封信一封信翻過去看。

這時候，一個胖乎乎的身影正帶着一股熱浪往這邊靠近。

「哇，有格子太太的

信！沒錯，是格子太太的信！」拆信貓把一個淡黃色的信封拿在手上，仔細研究信封上的字，過了一會兒，接着說，「筆跡這麼潦草，看起來是個急性子的人。從左往右，字越寫越大，說明他並不經常寫字。」

「會不會是格子太太的丈夫寫的呢？」長頸鹿先生問。

長頸鹿先生一直在擦汗，舊的汗擦去，新的汗很快又冒出來。

「聽說格子太太的丈夫很多年以前就去世了，格子太太一直一個人生活。」

「那麼，這封信也許是她的朋友寫的。」

「不管是誰寫的，格子太太收到信一定會很興奮。」拆信貓高興地說。

「你是在說我嗎？」一個聲音大聲問。

拆信貓和長頸鹿先生同時往一邊看去——

格子太太撐着一把大花傘站在不遠處，淡藍色的連衣裙緊緊包裹着肥胖的身體，好像再多吃

一塊餅乾，胸前的鈕扣就會崩掉。

「噢，格子太太來了！」拆信貓興奮起來，「格子太太，您來得正好，我們正要去休養院送信呢！」

格子太太走過來，帶來一大團陰影，一大團陰影正好落在拆信貓身上，像一盞黑色的聚光燈。

「拆信貓，又見到你了。」格子太太看起來精神不錯，好像記性也變好了。拆信貓正想表揚一下格子太太，格子太太卻拍了拍腦袋，抬高嗓門說：「我是要給一隻貓送盤子的，怎麼又沒拿盤子呢！我的記性真是越來越差了……」

拆信貓呼了口氣，告訴格子太太：「那個盤子我已經帶回來了，您不用再想着還我盤子的事情了。」

格子太太愣了愣，想起了什麼，點點頭說：「這樣最好了。」

「格子太太，見到您真高興，能為您送信真是太榮幸了。」長頸鹿先生很有禮貌地對格子太

太說。

「見到你真高興。」格子太太禮貌地回應，「要是有人給我寫信就好了。」

「有有有！」

「有您的信！」

長頸鹿先生和拆信貓同時回答。

拆信貓晃了晃手上那個淡黃色的信封。

格子太太激動得張大嘴巴，好像那封信是一塊大大的餅乾，她要把它吞下去。

「天氣真熱啊，外面太曬了，我們可以去休養院嗎？休養院的院子裏有樹蔭，站在樹蔭下，我就不會這麼熱了。」長頸鹿先生拱了拱後背，慢慢站起來。

格子太太本來是想伸手去拿那封信的，長頸鹿先生一站起來，變得很高很高，格子太太就拿不到信了。

「格子太太，我們一起回休養院吧。到了休養院，我給您拆信，看看信裏面寫着什麼愉快的事情。」拆信貓坐在長頸鹿先生的後背上，低頭

看着格子太太，大聲地說。

拆信貓看不到格子太太的臉，只看見格子太太舉着的大花傘的傘頂。如果不是從高處看，拆信貓也許不會在意，格子太太傘頂的圖案是一大片盛開的毋忘我，花朵紫瑩瑩、亮晶晶的，多麼美好。

「會是誰給我寫的信呢？」格子太太一邊走，一邊自言自語，「鄰居鬍子爺爺嗎？不會的，他早就搬家了。那麼，會是清潔工人老葛嗎？難道是社區醫院的李醫生？要不就是裁縫店的翠翠？」

她忽然想起這些人，好像記性一下子好了起來。

第五章

塔塔是個淘氣的孩子

格子太太雙手捧着那個淡黃色的信封，就像捧着一件稀世珍寶。

她站在窗前，背對着窗，光線照在信封上。

她的臉躲在逆光裏，眼睛在老花鏡後面閃閃發亮。

拆信貓趴在離窗戶最近的那個牀頭櫃上，抬起大臉默默地注視着格子太太。

格子太太抽了抽鼻子，發出輕微的啜泣聲。

拆信貓沒有打斷正在哭泣的格子太太，默默陪伴着她。

過了好一會兒，格子太太摘下老花鏡，慢慢

地從窗前走過來，在牀沿上坐下，停住了哭泣。

她把那封信放在牀上，被套的花紋是草地和雛菊，看起來這封信好像躺在一片開滿雛菊的草地上，充滿詩意和溫馨。

「您需要喝些水嗎？格子太太。」拆信貓把牀頭櫃上的水杯拿起來，遞給格子太太。

格子太太緩緩地抬起眼睛，接過水杯，晃了晃腦袋，說：「我的記性越來越差了。如果記性是一瓶水，那麼我那瓶水只剩下瓶底了。」

她說完，嘴角抽動着，又快要哭了。她拿起手帕擦了擦眼睛，沒讓眼淚流出來，然後重重地歎了口氣，又盯着那個信封，一副欲言又止的模樣。

時鐘在牆上發出清晰的「嘀嗒」聲；窗外，陽光在「嘀嗒」聲裏一點一點地灑向西邊。

拆信貓趴在牀頭櫃上，靜靜地看着格子太太。

「噢，貓咪你怎麼還在這兒？」過了好一會兒，格子太太轉過臉注意到拆信貓。

「格子太太，您可以跟休養院的其他客人一樣，叫我拆信貓。」拆信貓站起來，舒展着有些麻痺的四肢。

「想起來了，沒錯，你叫拆信貓。聽說你是一隻神奇的貓。」格子太太皺起眉頭，「可是，你沒有事情去忙嗎？為什麼把時間耗在我這兒？」

「一隻貓有什麼好忙的？」拆信貓拱了拱身子，抬起微笑的大臉，態度儘量友好。

格子太太立刻叫起來：「可忙的事情多着呢！你可以去釣魚、去抓蝴蝶、去捉老鼠，還可以找幾個朋友聊聊天，或者打扮漂亮些去參加一場舞會。要是這些事情都做膩了，那就走遠點，找個新奇

的地方旅行……」

「和那隻兔子一樣嗎？」拆信貓想起旅行兔，笑了，但她很快認真起來，「格子太太，我是拆信貓，為休養院的客人們拆信是我最重要也是最榮幸的工作。」

拆信貓說着，摸摸鬍子，看向被套上那個淡黃色的信封。

格子太太再次戴上老花鏡，把淡黃色的信封捧在手上，盯着信封上的字。

這一次，她不再哭泣，嘴角緩緩綻開微笑。

看來，寫這封信的人和格子太太的關係非常密切。

「格子太太，我可以為您拆信嗎？」拆信貓終於這樣問了。從把這封信交給格子太太的那一秒起，拆信貓就想這樣問。

「噢，拆信？對呀！我怎麼忘了呢！收到信肯定是要拆的嘛！」格子太太趕緊找來剪刀，一邊興奮地嘀咕，「是塔塔寫的，寶貝塔塔給我寫的信呢！」

「塔塔是誰？」拆信貓問。

「塔塔是個淘氣的孩子。」格子太太說，「你看信封上的字，大大小小，歪歪扭扭，看起來哪像個小學四年級的學生。」

「塔塔是您的孫子嗎？」拆信貓站直身子問。

「塔塔是我最親的寶貝。」格子太太得意地說，「寶貝塔塔很聰明，已經升上四年級了，就在香樟路小學。之前，他還去參加一個航空模型比賽，得了大獎呢！」

格子太太說完，深吸一口氣，一手拿着信封，一手握着剪刀，猶豫着該怎樣剪才不會把信封弄得很醜。

「格子太太，我可以為您拆信嗎？」拆信貓跳過去，蹲在格子太太的大腿邊，仰起大臉。

「你不會把信封弄得很醜吧？」

「不會。」

「那就麻煩你啦！」格子太太把信封和剪刀交給拆信貓。

　　拆信貓把剪刀放在一邊，低頭把粉紅的鼻頭貼近信紙嗅一下，嘴巴裏打出一連串呼嚕，咕嚕咕嚕地喊：「現在是拆信貓時間！」腦袋一歪，用嘴邊最鋒利的一根鬍鬚劃開信封，格子太太的房間立刻有了梔子花的香甜味兒。

　　「唔……這氣味真令人愉快。拆信貓，快把信讀給我聽。」格子太太盤腿坐在牀上，胸膛挺起來，笑容像花朵完全綻放了。

　　拆信貓深吸一口氣，緩緩地說：「嗯……塔塔真是個可愛的男孩……」

　　婆婆，我是塔塔。聽說您搬到山北的休養院去，我很惦記您。昨天老師出了一道作文題目，叫《最愛的人》，我寫的是您。您在休養院要照顧好自己，每一天都要開心，不要淘氣，不要亂跑，不要亂吃東西，也不要不睡覺。要知道，我是多麼愛您！

　　拆信貓讀完信，正要把信紙按原樣摺起來，格子太太把信紙拿過去，戴起老花鏡，讀了一遍又一遍。

　　在讀完第七遍之後，格子太太指着信紙上最後的那個感歎號，對拆信貓說：「你剛剛忘了讀這個感歎號。你看，寶貝塔塔說他是多麼愛我，這句用的是感歎號，表示他非常非常愛我！噢，拆信貓，你不能把感歎號給忘了！」

　　拆信貓看了看信紙上那個感歎號，又看了看格子太太因為激動、開心而笑出的三個下巴，使勁點頭說：「懂了，以後看見感歎號就要大聲讀出來！」

　　格子太太當然不會知道，寫這封信的人，並不是塔塔。

第六章

格子太太想出走

傍晚，天空下起大雨，一下子涼快了許多。

拆信貓把那台老掉牙的風扇推到牆角，獨自坐在餐桌前，想像一個叫「塔塔」的男孩會是什麼樣子的。

木屋的門被敲響，田大廚來了。

他把大黑傘收起放在門口，踏踏腳走進來。

「很不巧，今天烤的餅乾吃完了。」拆信貓對他說。

「有些遺憾。不過，我冒着這麼大的雨趕來，可不是為了吃餅乾。」田大廚在餐桌邊坐下，「我是有重要的事情告訴你。」

拆信貓緊張起來：「什麼事情啊？」

「是關於格子太太的事情。」田大廚說，「今天下午你離開格子太太的房間後，格子太太拿着一封信跑出休養院，說是要去找什麼寶塔。我跟她說這周圍沒有寶塔，她就很着急。要不是我把她截住，她早就跑遠了，這會兒雨下得這麼大，她一個人在外面定必受苦了！」

「寶塔？格子太太為什麼要去找寶塔？寶塔，寶塔……」拆信貓叫起來，「噢，她是要找塔塔，她的寶貝塔塔！」

「什麼？」田大廚摸摸圓圓的腦袋，「那是什麼塔？」

「不是什麼塔。塔塔是格子太太的孫子！」拆信貓說。

田大廚恍然大悟：「怪不得格子太太那麼激動，非但跟我生氣，還差點兒哭出來。後來要不是郝護士過來幫忙，我都不知道該怎樣令她平靜下來。」

拆信貓歎了口氣，把格子太太收到一封信的

事情告訴田大廚。

「那封信是誰寫的？」田大廚問。

「是山南邊裁縫店的翠翠寫的。」拆信貓說，「翠翠在信裏說，格子太太上次在裁縫店訂做的碎花連衣裙還沒有付錢，希望格子太太可以儘快把錢寄過去。」

「格子太太的記性真是糟糕。」田大廚吐了口氣。

「當時格子太太捧着信封，盯着信封上的字很久，認定是她的孫子塔塔寫的。我不想讓她失望，所以就把信的內容改成了塔塔寫的。」拆信貓爬到餐桌上，神情凝重。

田大廚聳聳肩膀：「這下怎麼辦？格子太太一心想着去找塔塔，我真擔心她會偷偷跑出休養院，在外面迷路、挨餓……那樣的話，後果不堪設想。」

「所以你要好好看顧她。」拆信貓說，「快回去吧，守住休養院的大門。」

「不急，這時有人在門口
值班呢。」

「那你也得趕快回去。」
拆信貓還是不放心，「回去告
訴所有值班的人，注意格子太
太，別讓她一個人跑出去。」

田大廚點點頭說：「沒問
題。」接着，他補充：「我特
意趕來把這麼重要的事情告訴
你，是不是應該有獎勵啊？記
得明天烤餅乾給我吃哦。」

「知道啦。」拆信貓送他出去。

田大廚撐起大黑傘，走進雨裏。

拆信貓盯着他胖乎乎的身影，心裏忐忑不安：格子太太要是真的偷偷走出休養院，那該怎麼辦？

第二天，拆信貓很早就起來。她要烤一爐梔子花餅乾，然後把餅乾送去休養院。一爐餅乾十二塊，六塊給田大廚，六塊給格子太太。

她應該多烤幾爐的，可是她等不及。她想早些見到格子太太，想辦法打消她跑出去找塔塔的念頭。

有人比拆信貓起得更早。這個人從牀上爬起來，就來到格子太太的房門前，輕輕敲門。

格子太太早就醒了，正坐在牀上發呆，聽到有人敲門，便問：「誰呀？這麼早。」

門外的人不說話，繼續敲門。

格子太太下了牀，稍微整理一下睡衣和頭髮，走過去把門打開。

一個瘦削的禿頂老頭出現在門口。

「格子太太，是我。」

「哦，你是誰？我好像見過你。」格子太太皺起眉頭使勁回憶。

「我們不僅見過，還說過話呢。」

「想起來了，你是木匠。」格子太太說。

「不不不，我不是木匠，我叫園丁。」園丁一本正經地說，「你要記住哦，我是園丁，不是木匠。」頓了頓，又忍不住咕噥了一句，「搞不懂你怎麼會把園丁說成木匠，木匠和園丁有關係嗎？」

「那麼，園丁你這麼早跑來找我有事嗎？」格子太太感到奇怪。

「嗯……不好意思。我知道這樣做有些不禮貌，但我實在忍不住……有件事情我昨天就想問了，一直忍到現在……是這樣的，我聽說你昨天收到信了。這是真的嗎？」園丁搓着雙手，伸着脖子，瞪着大眼睛盯着格子太太肉嘟嘟的臉。

格子太太愣了愣，反問道：「我收到信了嗎？昨天？有沒有收到信呢？」

「天啊，你想不起來嗎？」園丁的語氣變得輕柔，「別着急，格子太太，再好好想想。」

格子太太雙手交握在胸前，嘴巴抿得緊緊的，腮頰鼓起來，眼睛瞇起來，使勁地想，使勁地想，就連鼻子都在使勁。過了一會兒，她忽然叫起來：「噢，對了，真的收到過一封信，是塔塔寫給我的！天啊，差點兒忘了，我要去找塔塔！寶貝塔塔想我了，我得去找他！」

說完她「砰」的一聲把門關上，迅速地拉開衣櫃找裙子。

園丁被突然關上的門撞疼了鼻頭，他摸着鼻頭不斷嘀咕：「塔塔是誰？塔塔是誰呢？」

第七章

心中最重要的人

接連好幾天，拆信貓每天都到休養院陪伴格子太太，有時候帶上一些餅乾，有時候帶上一團毛線，有時候帶上一個有趣的故事。

格子太太非常喜歡吃拆信貓烤的梔子花餅乾。

「這麼好吃的餅乾，我還是第一次吃到呢！」格子太太每次吃到餅乾，都會這樣說。

「喜歡的話，您就多吃點。」拆信貓每次都這樣回答。

格子太太端着盤子，直到把最後一塊餅乾吃光才停下來，舔舔嘴唇，滿足地笑了。

「你帶來的這團毛線真不錯，我可以教你織圍巾。」格子太太把毛線團抓在手上，「塔塔所有的圍巾都是我織的。」

「那您教我吧。」拆信貓說，「我想為一個好朋友織一條圍巾。他總是喜歡到處跑，冬天到來的時候，脖子那兒一定很冷。」

「沒問題，我教你。」格子太太愉快地說。

拆信貓笨手笨腳地學習織圍巾。

奇怪，格子太太的記性那麼差，織圍巾的本事卻一點都沒忘記。

拆信貓織累了，就把針線交給格子太太，格子太太用心地織，動作非常純熟。

「我給您講個故事吧。」拆信貓趴在埋頭織圍巾的格子太太身邊，輕輕地說，「一個有趣的故事。」

「哦，講故事？好啊好啊，我給你講，我很會講故事的！」格子太太抬起眼睛，興奮地嚷着，都忘了織圍巾。

拆信貓不得不把話說得清楚一些：「格子太

太，我是說，我給您講故事，不是要您給我講故事。」

「可是我很會講故事，我腦海裏有許多故事呢！」格子太太神情激動，「塔塔剛生下來，我就開始給他講故事了，一直講，一直講……他很喜歡聽我講故事！」

拆信貓閉緊嘴巴，默默地看着格子太太。

格子太太把針線放到一邊，起身在窗前走來走去，一邊打着手勢一邊說：「塔塔慢慢長大，會盯着我、會大聲笑、會走路、會說話，每天晚上都纏着我講故事，他在我的故事裏入睡，在我的故事裏做夢，在我的故事裏甜甜地笑，呼喚着婆婆，婆婆……」

拆信貓瞇起眼睛，在格子太太幸福的回憶裏，彷彿遇見了塔塔。

他一定是個可愛的男孩。

他也許有着微黃的鬈髮，眼睛大大的，鼻頭軟軟的，嘴角有時候會淌下口水。

他臉上掛着純真的微笑，睫毛上閃耀着陽

光，那些陽光是從他的格子婆婆講的故事裏發放出來的。

他聰明、善良、寬厚，認真上學也認真練琴，是一個上進的男孩。

想到這些，拆信貓不禁笑出了聲。

「哈哈哈、哈哈哈……」

她好像並不相信，格子太太曾經說過，塔塔是個淘氣的孩子。

格子太太跟着笑，「哈哈哈、哈哈哈……」

她的腦海被塔塔霸佔了，不留一絲縫隙。

「現在我不那麼擔心了。」拆信貓對龍醫生和郝姐姐說，「格子太太的記性並不是太糟糕，她說起塔塔，記憶的寶庫完全打開，連一些微小的事情都記得清清楚楚，就像是發生在昨天似的，說起來滔滔不絕。」

「通過這幾天的了解，我有同樣的發現。格子太太只要一提到塔塔，就會變得很興奮，記憶力、表達能力都恢復正常。」郝姐姐說，「可是，問她剛剛發生的事情，她就說不清楚了。」

龍醫生歎了口氣，不說話。

「不過，我還是挺擔心的。」郝姐姐接着說，「以前的事情記得很清楚，眼前的事情卻不記得，這是認知障礙症的初期病徵哦。」

「不，我仍然覺得格子太太是得了心病。」龍醫生抱着雙臂靠在辦公桌前，表情樂觀。

「你的意思是，她心裏有個結，對嗎？」郝姐姐分析道，「這個結……難道跟塔塔有關？」

「我也是這樣認為的。」拆信貓說，「自從住到休養院，格子太太誰都沒提起過，唯獨提到塔塔，這說明塔塔是她心中最重要的人。她心裏的結也許跟塔塔有關。」

「所以我們還得繼續了解她。」龍醫生說，「事情好像有些眉目了，要相信格子太太會好起來的。」

既然龍醫生這樣說，那就錯不了。

「會好起來的。」拆信貓和郝姐姐相視而笑。

第八章
格子太太的第二封信

　　夏天的風從原野吹來，帶着青草和鮮花的芬芳，也帶來了格子太太的第二封信。

　　格子太太不再嚷着要跑出休養院，不再嚷着去找塔塔，而是每天待在房間裏織圍巾。

　　鴿羣飛來的時候，格子太太就跑到院子裏坐一會兒，對着鴿子說說話。鴿羣飛走了，格子太太就回到房間，繼續織圍巾。

　　格子太太沒有忘記第一封信的內容。

　　那封信被她放在牀頭櫃上最顯眼的位置，一進房間就能看到。

　　長頸鹿先生頂着酷暑帶着郵包出現在木屋的

窗前，一羣鴿子從他頭頂飛過。

「牠們是要去山南邊嗎？」長頸鹿先生喘着氣，對着窗戶大聲問。

窗子裏面的拆信貓抬起大臉，向着鴿羣飛去的方向看了看，說：「牠們飛行的姿勢好帥啊！」

鴿羣飛得很快，一眨眼變成了一個個小黑點，再一眨眼，小黑點都不見了。

「牠們是不是打算飛過那座山，到山南邊看看呢？」長頸鹿先生抹着滿頭的汗，瞇着眼睛盯着鴿羣消失的方向。

「就算是那樣，牠們也還是會回來的。」拆信貓說。

長頸鹿先生默默地看着鴿羣消失的方向。

拆信貓提着一袋餅乾走出木屋。

「你可以幫個忙嗎？」

「非常樂意。」長頸鹿先生和往常一樣蹲下來，讓拆信貓爬上他的後背。

「是關於格子太太。」拆信貓一邊往長頸鹿

先生的背上爬，一邊說，「上次山南邊裁縫店的翠翠來信，請格子太太支付做裙子的錢。你能去翠翠的裁縫店跑一趟，為格子太太把錢還了嗎？」

「當然可以。」長頸鹿先生爽快地回答。

「太感謝你了！」拆信貓摟住長頸鹿先生的脖子，瞇起眼睛笑。

她把餅乾裝進長頸鹿先生郵包的夾層裏，也把一個鼓鼓囊囊的錢包塞了進去。

「那麼，可以再幫我一個忙嗎？」拆信貓覺得自己好貪心。

「非常樂意。」長頸鹿先生說。

「麻煩你回到山

南邊後，去找一個叫塔塔的男孩，他是格子太太的孫子，在香樟路小學就讀四年級，他之前參加航空模型比賽還得了獎呢！找到塔塔後，告訴他格子婆婆想他，很想很想。」

「沒問題。」長頸鹿先生點點頭，「找個人應該沒什麼困難。」

過了一會兒，第二封信送到了格子太太的手上。

「哎呀，塔塔的字越寫越馬虎了，哪裏像是小學四年級的樣子，看起來四歲還差不多。」格子太太戴着老花鏡，盯着信封上的字，笑得合不攏嘴。

這次信封上的字比上次裁縫店翠翠寫的更糟糕，結構鬆散，筆劃扭曲，像一堆蚯蚓。

「格子太太，我可以為您拆信嗎？」拆信貓想快點知道這封信會不會真的是塔塔寫的。

「真是個好主意。不過，你要保證拆開以

後，信封的樣子不會變醜。」格子太太說。

拆信貓點點頭，說：「我保證。」

格子太太把信交給拆信貓，然後搬了一張椅子放在窗前，對着窗外綠色的草地和藍色的天空，坐下來，抬抬手，微笑着說：「開始吧。」

這封信彷彿真的是塔塔寫的，信裏的內容彷彿能讓她無比滿足，她是如此安靜又幸福地期待着。

拆信貓跳到窗台上，握着信封，心跳加速。

但願這次真的是塔塔寫的。拆信貓在心裏祈禱。

她看了一眼格子太太，注意到格子太太的下巴已經笑成了三個。

「現在，我要拆信了。」

「嗯。」

拆信貓把粉紅的鼻頭貼近信紙嗅一下，嘴巴裏打出一連串呼嚕，咕嚕咕嚕地喊：「現在是拆信貓時間！」腦袋一歪，用嘴邊最鋒利的一根鬍鬚劃開信封。瞬間，栀子花的香甜味兒充滿整間

房間，格子太太抽了抽鼻子，愉快地閉上眼睛。

　　拆信貓飛快地掃了一眼信的下款，心不由得往下一沉。

　　「快讀給我聽吧。」格子太太等不及了，「我的寶貝塔塔在信裏說些什麼？」

　　拆信貓輕輕呼了口氣，說：「好吧，我要開始讀信了。」

　　　　婆婆，山北的夏天大概不會像山南邊這麼炎熱吧？真希望快點進入冬天，那樣我出門就可以戴上您織的圍巾啦！我很喜歡婆婆織的圍巾！朋友們都羨慕我，他們說，塔塔你的圍巾看起來真漂亮，摸摸可以嗎？他們排着隊，一個一個摸我脖子上的圍巾。那一刻，我是多麼自豪，多麼幸福呀！婆婆，謝謝您這麼愛我，您要好好地生活。

　　這次，拆信貓把感歎號都讀出來了。

　　和上次不同的是，這一次聽完信的內容，格子太太沒有激動得大喊大叫，她安靜地坐在那兒，雙手搭在大腿上，身體挺得筆直，面對着窗外滿目青翠和碧藍，一直笑，一直笑，三個下巴一個比一個圓。

　　拆信貓把信紙放在窗台上，蹲下來，和格子太太一起欣賞窗外的景色。

　　梔子花的香甜味兒慢慢淡去，淡去。

　　格子太太當然不會知道，這封信不是塔塔寫的，寫這封信的是清潔工人老葛。他提醒格子太太，院子裏的水蜜桃已經熟了，每天有鳥兒飛過來偷吃，漂亮的水蜜桃出現一個個小洞，真是糟糕透了。信裏還說，格子太太遺留在圍牆外面的那張藤椅不見了，那是格子太太最喜歡的一張椅子。

第九章 會走路的風扇

夏天的早晨天亮得特別早。

拆信貓迷迷糊糊醒來，抖抖身子，從紙盒裏爬出來，拉開窗簾。

柔白的晨光灑進木屋，乾淨的風吹進來，一切都是那麼新鮮美好。

拆信貓趴在窗台上，雙手叉腰，眼睛平視前方，慢慢呼氣、吸氣，讓新鮮的空氣在身體裏流動。

龍醫生說過，在空氣清新的早晨練習深呼吸，整天都會神清氣爽。

拆信貓靜靜地練習着，忽然，草地上一個什

63

麼東西吸引了她的注意。

她往前伸了伸脖子，揉揉眼睛仔細一看，發現那是一台風扇，就是那台已經被她推到角落裏的小風扇。

「我的天啊，它是什麼時候跑出木屋的？」拆信貓叫起來，「誰能告訴我，一台風扇是怎樣跑出我的木屋的？」

沒有人回答她。

「在我熟睡的時候究竟發生了什麼事？」拆信貓張大嘴巴，「喂！風扇！請問你是怎樣跑出我的木屋的？」

草地上的風扇不會說話。它無辜地蹲在那兒，一陣微風吹過，三片淡綠色的葉子緩慢地轉動，棕色的底座輕輕搖晃，整台風扇是一副隨時都會散掉的模樣。

拆信貓感到自己的腦子不夠用了。她聽見自己的心臟「咚咚咚咚」跳得飛快。她用雙手捂住心口，更加用力地吸氣、呼氣，好讓自己慢慢平靜下來。

　　過了一會兒，她從窗台上跳下來，深吸一口氣，打開木屋的門。

　　兩隻長長的耳朵一下晃入她的視線，然後是耳朵下面一團雪白的身體。

　　那團雪白的身體筆挺筆挺地坐在綠茸茸的草地上，兩隻長長的耳朵也豎得筆挺筆挺。

　　「噢，是你！」拆信貓喜出望外，「你回來啦？」

　　「先別走過來。仔細看看我的坐姿，是不是很帥？」

　　拆信貓收住腳步，很認真地看着他的坐姿，說：「很帥。」

　　「哈哈，我就知道很帥！」旅行兔慢慢轉過臉，對着拆信貓眨着紅色的眼睛，微微一笑，「這樣呢？回眸一笑，是不是更帥了？」

　　「嗯，更帥了。」拆信貓走過去，迫不及待地問，「你什麼時候回來的？半夜嗎？為什麼不在屋裏睡？」

　　「哇，你的臉又變大了！」

「真的嗎?」拆信貓連忙用雙手捂住大臉。

「哈哈,我就喜歡看你的大臉,越大越喜歡看!」旅行兔說着,扭了扭身體,盯着拆信貓的大臉。

拆信貓把手放下來,晃晃腦袋,開心地笑。

「幫我把風扇拿過來一點。」過了片刻,旅行兔說。

拆信貓走過去,用力把風扇抱起來,放到旅行兔面前。

「是你把它拿到外面嗎?」

「難道會是它自己跑出去嗎?」

「為什麼要把它拿出去?」

「夜裏睡不着,一個人看星星又覺得孤單,所以就把它拖出來了。」旅行兔

說，「你不知道昨天夜裏的星星有多美妙，像一顆顆快樂的種子。這些種子天一亮就開花了。看，天上雪白的雲朵就是星星種子長成後，開出來的花朵。」

拆信貓抬起大臉，看着天上的雲朵，快樂地重複旅

行兔的話：「這些種子天一亮就開花了。看，天上雪白的雲朵就是星星種子長成後，開出來的花朵。」

「大自然真奇妙。你不知道外面的世界有多精彩！」旅行兔說，「可惜你沒時間跟我出去看看……這次旅行我就是打算去找一個辦法，讓你可以看到外面的世界……嗯，可惜……可惜還沒找到那個辦法……」

「先別說了，快起來吧，到木屋裏去。你一定餓壞了，我現在就為你烤餅乾。」

拆信貓跑回木屋，鑽進廚房。

「你回來得太突然了。」拆信貓對着空氣說，「我還沒給你洗睡袋呢。噢，不對，夏天你是不用睡袋的……還好。還有，不能讓你知道，我正在跟格子太太學織圍巾，我選的是温暖的橘色，冬天你圍着它，走在原野上，走在林子裏，走在孤單的小路上……走到哪兒都不會覺得寒冷。」

拆信貓一邊努力地烤着餅乾，一邊喃喃自

語。

「你問我山的南邊有什麼？我什麼都不告訴你。這個世界藏着那麼多奧秘，等着旅行者自己去發現……」

窗外傳來了歌聲。

是旅行兔在大聲唱歌。

拆信貓跑到門口，看見旅行兔坐在風扇面前，抬着頭，揮舞着雙臂，投入地唱歌。

歌聲多麼清脆，多麼嘹亮，帶着一份執着和驕傲，也帶着美好的期盼，被夏天清晨的風送往遠處……

拆信貓默默地看着旅行兔，在他身後輕輕鼓起掌來。

梔子花餅乾出爐的時候，整間木屋，還有木屋外面的一大片草地都瀰漫着香甜味兒，旅行兔終於慢慢從草地上站起來，拖着那台風扇，走向木屋。

拆信貓這時才發現，這隻倔強的兔子，右腿受傷了。他走起路來一瘸一拐，像個歷盡艱辛的

老兵。

　　旅行兔抬起臉，咧着嘴對拆信貓微笑，他還停下來騰出一隻手，打了個勝利的手勢。

　　拆信貓端着雪白的盤子，靜靜地看着他，看他拖着受傷的腿，一步一步艱難又自信地向着木屋走來。

　　一滴眼淚掉下來，擦着雪白盤子的邊沿，摔到地板上。

70

第十章

塔塔的故事

　　格子太太把第二封信放在牀頭櫃上，讓它緊挨着第一封信。

　　每天早晨、中午和晚上，格子太太都會把信一封一封拿起來，戴上老花鏡，仔仔細細地讀，讀着讀着，有時會笑出三個下巴，有時卻忍不住熱淚盈眶。

　　郝姐姐每次走進格子太太的房間，格子太太都會很得意地把信指給她看，並且用世界上最自豪的語氣說：「塔塔給我寫信了，兩封信都是塔塔寫的。」

　　郝姐姐輕輕坐在窗前的椅子上，微笑着，耐

心地傾聽格子太太講述塔塔的故事。

格子太太坐在牀沿上，一邊幸福地回憶，一邊有滋有味地說着——

「塔塔從出生的第一天起，我就陪伴着他。他生下來不足六磅，渾身皺巴巴的，瘦得皮包骨頭，像個可憐的小老頭。他的媽媽奶水不足，我沖了奶粉，一點一點餵給他，看着他全身的肉一點一點鼓起來。」

「他長得越來越白，越來越胖，頭髮越來越濃密，眼神越來越機靈，越來越討人喜歡。也是這樣的夏天，我給他穿上舒服

又好看的Ｔ恤，戴上太陽帽，太陽帽外面罩上透明的紗巾，把他放在嬰兒車裏，推着他出去玩……鄰居們都說塔塔真的像個女孩子，白白淨淨、漂漂亮亮。」

「他會走路了，喜歡抓着我的一根小拇指，高高興興地跑出去玩。有時候一不小心鬆開了我的手，摔倒在地上。噢，塔塔每次摔倒後都會很快抬起眼睛找我；找到我，嘴巴一咧，大聲地哭起來。我抱起他時，他就把臉埋在我懷裏不停地撒嬌。」

「後來，他該上幼兒園了。第一天上幼兒園，老師允許大人陪同半天。那天中午我離開的時候，塔塔一直哭一直哭，不停地喊婆婆，我實在不忍心把他一個人留在幼兒園，抹過眼淚轉身去抱他……」

「他把在幼兒園畫的第一幅畫送給我，是一張全家福，我和他站在最中間，兩邊是他的爸爸和媽媽；他把得到的第一份獎品送給我，是一盆小小的多肉植物；他把最喜歡的兩個朋友介紹給

我，他們一個叫沙沙，一個叫凡凡；他把學到的歌曲唱給我聽，把學會的故事講給我聽，告訴我開心的事情，也向我傾訴委屈……」

「塔塔上小學了，他很認真啦！老師教寫生字，他為了把字寫端正，找來直尺，每一個筆劃都沿着尺子橫平豎直。他的爸爸媽媽不同意他這樣做，他哭着躲到我懷裏……」

塔塔的故事真多，把格子太太的記憶寶庫塞得滿滿的。

有時候龍醫生過來，格子太太就再講一遍。

園丁過來，格子太太還會講一遍。

遇見田大廚，格子太太也會講一遍。

格子太太習慣了，見人就講，在 1 號別墅的走廊裏講，在休養院的院子裏講，在食堂裏講，在健身房裏講，滔滔不絕，一點都不像一個記性很差的老人。

很快，休養院的醫生、護士、客人們都知道塔塔的故事。

「塔塔是個可愛的男孩。」

「格子太太對塔塔真好。」

「塔塔好愛他的格子婆婆呀！」

大家都這樣說。

格子太太很高興。

只有和拆信貓在一起的時候，格子太太的情緒會變得有些沮喪。

「格子太太，您看起來怎麼不高興呢？」拆信貓感到奇怪，「您看，所有人都認識您的寶貝塔塔，都讚塔塔可愛，都感覺到塔塔對您的愛和依戀，您應該感到高興呀！」

格子太太歎了口氣，說：「我的故事還未講完呢。」

「什麼？」拆信貓張大嘴巴，「重要的部分省略了嗎？」

「是的。我想講給你聽。」格子太太說。

「我很榮幸能聽到完整的故事。」拆信貓擺了個洗耳恭聽的姿勢，「那麼，請講吧。」

格子太太開始講了。

「塔塔剛學會走路，我帶着他在院子裏玩，

他飛快地跑向一輛玩具車，摔倒了，額頭撞在花槽的邊沿上，留下一道疤痕，再也沒法去掉。這件事讓我的心一直疼，一直疼。」

「塔塔上幼兒園的第一天，我離開他時，他一直哭，我轉過身去想要抱抱他，看見他一隻腳已經踩到窗台上……幸好課室在底層，不然後果不堪設想……這件事讓我非常緊張。」

「塔塔喜歡吃炸雞腿。每天下午我去接他放學，然後和他一起去炸雞店買雞腿。連續吃了很多天以後，塔塔的嘴唇發紅發腫，成了『臘腸嘴』。他的媽媽知道後，請我以後再也不要給塔塔吃炸雞腿。塔塔哭了，而我心裏也很不舒服。」

「塔塔不喜歡計算數學的減法，可是他的媽媽每天都要給他一張寫滿減法的工作紙。有一次，塔塔把工作紙揉成一團，扔進垃圾桶。結果塔塔被責備，而且不給飯吃，是我把飯菜悄悄送到他的房間。他的爸爸媽媽知道了，對我很有意見，說我不應該寵壞他。我心裏很難受。」

　　格子太太說着說着，抽抽鼻子，眼淚掉下來。

　　拆信貓把手伸到格子太太的大腿上，揉了又揉，揉了又揉，並抬起頭温和地注視她，安慰她。

　　格子太太摟住拆信貓，撫摸着她光滑漂亮的後背，慢慢停止了哭泣。

　　「我知道我的寶貝塔塔一點兒都不開心。現在，他居然學會撒謊，說話言不由衷。」格子太太說到這裏，眼睛望向牀頭櫃上的信，「看，他居然在信裏說喜歡我織的圍巾！怎麼會呢？每次我讓他戴圍巾出門，他都不願意，有時候在門口戴上，走出門就摘下來塞到書包裏。隔着玻璃窗，我什麼都看到了……」

　　拆信貓默默看着格子太太，心情變得憂傷。

　　「他不應該向我撒謊的，對嗎？不喜歡就是不喜歡，幹麼在信裏騙我說喜歡呢？」格子太太又歎了口氣。

　　「也許……」拆信貓說，「塔塔以前不喜歡

您織的圍巾，但是現在您不在他身邊，他越來越想念您，也就覺得圍巾美好而珍貴了。」

「是這樣嗎？」格子太太激動起來，「真的會是這樣嗎？」

「是的。」拆信貓說，「有的時候，一定要等到失去才會懂得那個人、那件東西的珍貴。」

「這麼說，我的寶貝塔塔已經長大，很懂事了。」格子太太感到幸福滿滿，感慨地說，「我應該為他高興。」

第十一章

牠們是牠們

　　清晨，格子太太坐在院子裏的木椅子上，園丁走過來，在她身旁坐下。

　　「聽說你已經收到兩封信了。」園丁羨慕格子太太說道。

　　格子太太沒有聽到。

　　她的身體向前傾，雙手交握着夾在兩個圓圓的膝蓋中間，眼睛注視着不遠處的鴿羣。

　　「也許，你還會收到第三封信，接着還有第四封、第五封……很多很多。」園丁接着說。

　　格子太太仍然一動也不動，好像被誰施了定身術。

「格子太太，你很喜歡這些鴿子嗎？」園丁站起來，抬高了嗓門。

　　這回格子太太聽見了。她的目光從鴿羣身上收回來，嘴巴動了動，遲疑片刻，用同樣的高嗓門對園丁喊：「你那麼大聲說話幹麼？我只不過是記性越來越差，又沒變成聾子！」

　　園丁聳聳尖瘦的肩膀，不好意思地笑了，然後重新在格子太太身邊坐下。

　　「牠們是從哪兒飛來的？我想知道這些鴿子是從哪兒飛來的。」格子太太換了個語氣。

　　「誰知道。大概是山南邊吧。」園丁指了指南邊的山。

　　「山南邊？真的？」格子太太瞪大眼睛注視着園丁。

　　看她這麼認真，園丁有些緊張：「嗯……就當是真的吧。」

　　「那牠們一定就是牠們。」格子太太激動起來，雙手拉着園丁的胳膊，「牠們一定就是牠們！」

園丁的眉頭皺起來，聽不懂格子太太在說什麼，過了好一會兒，才問：「你見過牠們？」

　　「如果牠們是牠們，那我見過。」格子太太說，「山南邊香樟路小學門口的公園裏，每天下午我在那裏等塔塔放學，牠們每天都在那裏陪伴我。因為有了牠們，我的等待也就不那麼無聊了，我們一直愉快地相處，直到有一天……」

　　格子太太把臉一沉，突然閉上了嘴巴。

　　「什麼？」園丁盯着格子太太看起來有些慌張的神情。

　　格子太太沒有回話，低下頭，神情有些沮喪。

　　「那麼，什麼都別說了。」園丁輕輕拍了拍格子太太圓圓的肩膀。

　　格子太太揉揉眼睛，沒讓眼淚掉下來。

　　陽光穿透雲霧，照得院子一片明亮，幾隻鴿子拍着翅膀飛走了，又有幾隻飛過來，在草地上尋尋覓覓，嘴巴裏發出「咕咕」的聲音。

　　格子太太安靜地注視着牠們，不再作聲。

　　　　＊　　　　　＊　　　　　＊

　　拆信貓從廚房走出來，把裝着梔子花餅乾的雪白盤子放到餐桌上。

　　旅行兔蹲在地板上，把自己從野外帶回來的藤條拿出來，認真地編織着什麼。

　　拆信貓跑進廚房，又端出一盤餅乾。她一早忙到現在，一共烤了六爐餅乾。烤這麼多，是因為要拿去分給田大廚和格子太太。

　　「可以吃早餐了。」拆信貓說。

　　「我要喝汽水。」旅行兔喃喃地說，「我好久沒打嗝了，多喝點汽水就能打嗝了。」

　　拆信貓感到奇怪：「為什麼一定要讓自己打嗝呢？」

　　「因為打嗝好有趣啊！」旅行兔說。

　　拆信貓摸了摸鬍子，為難地說：「木屋裏沒有汽水呀。」她頓了頓，有新的主意，「不就是打嗝嗎？你可以多吃點餅乾，吃飽了同樣會打嗝。」

　　「這是你說的！那我就敞開肚皮吃啦！」旅

行兔扔掉手上的藤條，拖着受傷的腿，興奮地撲向餐桌。

拆信貓搖搖頭，知道自己上當了。

「噢，噢，百吃不厭的梔子花餅乾！噢，噢，拆信貓的廚藝可真是天下無雙，一點都不像個笨蛋。」旅行兔嚼着餅乾，搖晃着長長的耳朵，含糊不清地說。

「不可以叫我笨蛋。」拆信貓鼓起腮頰，在旅行兔對面的椅子坐下。

「這是我對你的暱稱，暱稱而已，不代表你真的就是笨蛋。」旅行兔笑着說。

拆信貓想了想，探着身子問：「那我也給你取個暱稱，好不好？」

「好啊。你想叫我什麼啊？」

「我早就想好了。」

「等等。」旅行兔豎起一隻手掌，「你最好不要打擊我。我的內心看起來特別強大，其實……嗯，其實真的很強大！好啦，你說吧！隨你怎樣說！」

拆信貓逐個字說出來：「我給你取的暱稱就是——英雄。」

旅行兔張大嘴巴，剛塞進去的半塊餅乾從嘴巴裏掉出來，帶下一串口水。

「英雄。」拆信貓又說了一遍，圓圓的眼睛一眨也不眨地盯着旅行兔。

旅行兔好一會兒才反應過來，把桌子一拍，大聲說：「有你這樣的嗎？我喊你笨蛋你喊我英雄！你好笨啊！叫你笨蛋你還不服！」

「我覺得你就是英雄。」拆信貓托着腮頰，微笑道，「為了追逐自己的夢想，你一次又一次離開舒舒服服的屋子，把自己趕入野外，不怕困難，不怕危險，也不怕孤單，就算腿受了傷也還是開心地笑，大聲地歌唱。你不是英雄，誰是英雄？」

旅行兔嘴巴一歪，笑了，笑着笑着，一滴眼淚掉下來，落在雪白的盤子上。

這是拆信貓第一次看到旅行兔流淚。

第十二章

被關在籠子裏

「夏天結束的時候，這條圍巾能織完嗎？」拆信貓坐在窗台上，一針一針地編織着圍巾。

橘色的圍巾攤在懷裏，像個滾燙的火球。

拆信貓是一個聰明的學徒，動作越來越熟練，針腳越來越平整。

「夏天最好馬上就過去。」坐在椅子上的格子太太放下手上的兩封信，眼睛從老花鏡片的上方露出來，呆呆地看着拆信貓，「越快越好。」

「為什麼呢？」拆信貓飛快地看了一眼格子太太。

格子太太想了想，說：「因為塔塔不喜歡放

暑假。」

「暑假？」拆信貓停住手上的動作，瞇起眼睛望向窗外，喃喃地說，「上學的小孩都有暑假，那也許是他們最好的時光。可是，塔塔為什麼不喜歡放暑假呢？」

「塔塔就是不喜歡放暑假。」格子太太摘下老花鏡，語氣變得沉重，「暑假一到，塔塔就把手工泥拿出來，捏一條河、捏一條魚、捏一隻蟬、捏一棵果實纍纍的桃樹，再捏一朵細細的蒲公英……」

「哦，塔塔喜歡玩手工泥。」拆信貓點點頭，「那玩意真不錯，我也喜歡。」

格子太太歎了口氣，擺了擺手，慢吞吞地說：「不是的。塔塔不是喜歡玩手工泥，塔塔是想出去玩，去抓魚、去捉蟬、去摘桃子，他還想變成蒲公英飛起來，自由自在地到處玩……」

「那就出去玩吧。」

「去不了。」格子太太說。

「為什麼？」

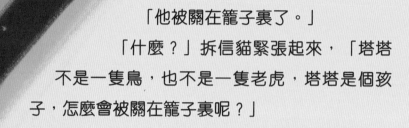

「他被關在籠子裏了。」

「什麼？」拆信貓緊張起來，「塔塔不是一隻鳥，也不是一隻老虎，塔塔是個孩子，怎麼會被關在籠子裏呢？」

「正因為他是一個孩子，所以才會被關起來。」格子太太說，「他被關起來補習數學、英文，參加口才訓練班，還要練習書法，彈奏夏威夷小結他，每天的時間都被安排得滿滿的，什麼時候起牀，什麼時候吃飯，午睡睡多久，都有嚴格的規定。」

拆信貓愣了好一會兒，歎了口氣，說：「怪不得塔塔不喜歡放暑假。」

「有一次我偷偷帶他出去玩了半天，回到家，他的爸爸媽媽把我囉嗦了一個晚上。」格子太太說完，低下頭去。

拆信貓默默地看着她，不知道該怎樣安慰她。

房間裏安靜極了，天花板上垂下的吊扇發出「吱吱」的聲響。

時間在時鐘的「嘀嗒」聲裏流走，一天很快就會過去，夏天很快就會結束。

夕陽西下的時候，拆信貓從休養院出來，往自己的木屋走，遠遠地就看見木屋的窗口亮着燈。

「傻瓜，等着哦，夏天完結的時候，我就可以把圍巾織好送給你了，到時候你一定會感到驚喜的。哈哈，你只知道我喜歡玩毛線球，怎麼都想不到我跟格子太太學會了織圍巾……」

拆信貓一蹦一跳走到木屋跟前，推開門。

「我回來啦！」

沒有任何聲音回答她。

屋子裏，東西擺放得整整齊齊，餐桌上留着一張字條。

> 又得出發了。別為我的腿傷擔心，只不過膝蓋磕破了一點皮，我把藥帶在身上，每天塗抹，很快就會好起來。我說過，我要去找一個辦法，讓你可以看到外面的世界。但願這次能夠找到。照顧好自己，在我心裏，你是智商100分的笨蛋。

拆信貓握着字條蹲在餐桌邊的椅子上，有些難過。

身後傳來動靜。

拆信貓扭過頭，看見壁爐旁邊的角落裏蹲着一隻怪物，發出「呼呼」的聲音。

拆信貓跳下椅子，慢慢靠近它。

是那台老掉牙的風扇，三片葉子不再可憐巴

巴地裸露在外面,它們有了一個圓圓的罩子,是用藤條編織成的,看起來好醜、好傻。

這會兒,三片葉子正不停地轉動着,風從藤條間吹過來,涼涼的。

「傻瓜。」拆信貓抽抽鼻子,有點兒想哭。

她站在風扇前,伸出雙手撫摸那些粗糙的藤條,在三片葉子帶來的風中,試着像旅行兔那樣唱起來:「你問我山的南邊有什麼,我什麼都不告訴你。這個世界藏着那麼多奧秘,等着旅行者自己去發現……」

她感到自己的聲音被風包裹着,包裹着,就像餅乾被梔子花的氣味包裹着,包裹着,變得多麼神奇美妙。

而這個時候,那隻倔強的兔子已經翻過南邊的山,哼着同樣的旋律,走在彎彎曲曲的小路上。

第十三章

山南邊的消息

「又一個人坐着嗎？」

「你是誰？」格子太太慢慢地抬起眼睛，想了想，「哦，木匠。」

「唉，你愛怎樣叫就怎樣叫吧。」園丁在格子太太對面的椅子坐下。

他手上握着一隻玩具狗，是上次格子太太見過的那隻狗。這隻狗實在是太小了，比一個拳頭大不了多少，站得像匹馬一樣神氣，渾身雪白，只有兩隻眼睛是黑色的。

格子太太整理一下膝蓋上的裙邊，雙腿交叉往前伸了伸，側過身，看着空蕩蕩的院子。

「你是在等鴿子嗎？」園丁問。

「鴿子？哦，對了，鴿子！」格子太太激動起來，目光在園丁和空地上來來回回移動，「鴿子去哪兒了？牠們怎麼還不來？」

「也許在來的路上呢。」

園丁說着，從褲袋裏掏出一塊淡藍色的布，抖開，是一件小小的背心。

格子太太這才注意到園丁手上的那隻玩具狗。

「哇，我還是第一次見到這麼小的狗。」她伸着脖子，瞪大眼睛，看着玩具狗。

幾秒鐘後，她叫起來：「天啊！它不會動！它是個玩具！」

「但它同樣需要穿衣服。」園丁一手握着玩具狗，一手拿着那件小小的背心，雙手配合着給玩具狗穿衣服，動作笨拙。

「讓我來吧。給孫子穿衣服這種事情對我來說太簡單了……」

格子太太跨過去，緊挨着園丁坐下。

這一次，園丁不再讚格子太太聰明。他把玩具狗和衣服都交給格子太太，默默地看着她為小狗穿衣服。

背心縫製得太小了，根本套不上，但格子太太一點兒都不着急，一副慈愛又耐心的樣子。

「你的塔塔……我是說塔塔小時候，衣服都是你幫他穿的嗎？」園丁問。

「當然啦！」格子太太說，「從塔塔出生的第一天起，都是我照顧他、陪伴他，他比這隻玩具狗有趣多了！」

「也挺不容易吧？」

「是啊。畢竟不是照顧一隻小狗，是一個男孩子哦。」

「上次我們說到哪兒了？」園丁摸摸禿頂腦袋，語氣變得溫和，「嗯，說到香樟路小學門口的公園，你每天下午都在那裏等塔塔放學，直到有一天……那一天發生了什麼事？」

格子太太的記憶寶庫一下子打開了。她停下雙手的動作，慢慢地回憶着，慢慢地說道：「那

天，塔塔的媽媽失去工作，不用去上班了。每天接塔塔放學，變成她的事情，買菜、做飯也變成她的事情，而我變了多餘的人，所以……所以我就提出回老家了。」

「他們沒有挽留你嗎？」

「當然，他們想留住我，但我還是走了。」格子太太抽了抽鼻子，「其實，我一點都不想走，我捨不得走。」

園丁呼了口氣，沒有再說什麼。

格子太太終於把背心給小狗套上，又覺得太緊，便脫了下來。

園丁心裏裝着格子太太離開塔塔的故事，心情有點兒壓抑。他跑去警衞室，把這個「離開」的故事講給田大廚聽。

田大廚心裏裝着這個「離開」的故事也很不舒服。他跑去木屋，把這個故事講給拆信貓聽。

拆信貓又把這個「離開」的故事講給郝姐姐和龍醫生聽。

很快，休養院所有人都知道這個「離開」的

故事。

　　大家都覺得格子太太應該回到塔塔身邊，可是沒有人當面對格子太太這樣說，他們怕格子太太像上次一樣，嚷着要離開休養院，一個人去找塔塔。

　　龍醫生和郝姐姐都覺得應該盡快想辦法找到塔塔一家，而拆信貓上次已經拜託長頸鹿先生去找塔塔了，她希望長頸鹿先生快點帶來塔塔的消息。

　　終於又到星期天了。

　　這一次，拆信貓沒有和往常一樣待在木屋裏等長頸鹿先生，她很早就烤好了餅乾，提着一袋餅乾，撐着一把大花傘，站在山腳下，盯着河上的小橋，還有山上垂下來的小路，盼望着，盼望着……

　　正午時分，彎彎曲曲的山路上出現了長頸鹿先生高大的身影。

　　拆信貓用力揮舞着大花傘，把自己弄得渾身是汗。

　　長頸鹿先生喘着氣來到拆信貓跟前，顧不得擦汗，一邊蹲下來，一邊把打聽到的消息告訴拆信貓。

　　「我見過裁縫店的翠翠，幫格子太太付了做連衣裙欠下的錢。」長頸鹿先生說，「我還順便去格子太太的家裏看了看，遇見清潔工人老葛。老葛說格子太太放在門口的藤椅不見了，我請他幫忙找找，他說他一直在找。」

　　「那麼，你去了香樟路小學找塔塔嗎？」拆信貓大聲問，問完屏住了呼吸。

　　長頸鹿先生咂咂嘴，遺憾地說：「去了，沒找到。」

　　「啊？」拆信貓鬍子都豎起來了，「塔塔在香樟路小學上學，讀四年級，怎麼沒找到呢？」

　　長頸鹿先生說：「我去了香樟路小學，四年級所有班級裏，根本就沒有一個叫塔塔的男孩。我想，也許『塔塔』是個小名，不是大名，所以我請學校老師把所有參加過航空模型比賽而獲獎的男孩都找出來，我把格子太太的情況告訴他

們。可是，他們誰也不認識格子太太。」

　　「怎麼會這樣？」拆信貓感到自己的腦子不
夠用了。

第十四章

格子太太的第三封信

格子太太雙手握着信封，注視着信封上的字，老花鏡滑到鼻尖上，嘴角咧到耳朵根，下巴堆成了三個。

拆信貓趴在格子太太的牀上，歪着腦袋看着她。

「塔塔終於把字寫端正了！」格子太太很興奮。

拆信貓在心裏祈禱：但願這次的信真是塔塔寫的。

格子太太在房間裏來回踱步，從窗邊走到門邊，又從門邊走到窗邊，不停地把信封放到唇邊

親吻。

她肥胖的身體似乎因為激動而膨脹起來，碎花連衣裙胸前的鈕扣像隨時要繃開的樣子。

拆信貓站起來，抖了抖身子。

格子太太經過牀邊的時候，拆信貓大聲問：「格子太太，需要我為您拆信嗎？」

「拆信？對對對，快幫我把信拆開！」格子太太一屁股坐到牀沿上。因為用力過猛，牀墊都震動了。

拆信貓跌跌撞撞地爬到格子太太的大腿上。

格子太太把信封交給拆信貓。

拆信貓接過信封，格子太太叫起來：「你得保證不會把信封弄得很醜！」

「我保證。」拆信貓摸了摸鬍子說。

這是格子太太住到休養院以來收到的第三封信，信封上的字和前兩封都不一樣，會不會是塔塔寫的呢？

拆信貓把粉紅的鼻頭貼近信紙嗅一下，嘴巴裏打出一連串呼嚕，咕嚕咕嚕地喊：「現在是拆

信貓時間！」腦袋一歪，用嘴邊最鋒利的一根鬍鬚劃開信封。

房間裏瀰漫着梔子花的香甜味兒，格子太太閉上眼睛，柔聲低語：「多好聞的氣味啊，就像是春天又回來了……」說完突然睜開眼睛，看着拆信貓，「快讀給我聽，塔塔在信裏寫了些什麼……」

拆信貓展開信紙，不由得歎了口氣。

「怎麼啦？」格子太太有些緊張。

「哦，沒什麼。我要給您讀信了。」

拆信貓小心地握住信紙，給格子太太一個愉快的笑臉，讀起信來。

　　婆婆，每個小孩都會做愚蠢的事情，我也是。自從媽媽失去工作，您就離開我們，搬回老家。您不知道您走了後，我們有多想念您。我每天跑到學校門口的公園裏，傻傻地等您，傻傻地以為下一秒鐘您就會出現。我問遠道

而來的鴿羣：婆婆還會回來嗎？鴿子拍着翅膀飛起來，朝着北方飛去……婆婆，回來吧，塔塔等着您呢！

這回，拆信貓又把感歎號讀出來了，讀得特別響亮。

「格子太太，聽見了嗎？塔塔希望您回去，回到他身邊。」拆信貓把信紙遞給格子太太。

格子太太開懷地笑，身體顫抖着，顫抖着，笑沒了眼睛，笑出了眼淚。

拆信貓為她遞上手帕。

「我就知道，塔塔是捨不得我離開的，他需要我。」格子太太擦乾眼淚，把信紙拿過去。

「格子太太，塔塔是在山南邊的香樟路小學上學嗎？」拆信貓小心翼翼地問。

「是啊。你怎麼知道的？」格子太太瞪大眼睛。

「您告訴過我。」

「看，我都不記得我說過。我的記性真是越來越差了。」

「山南邊有幾間香樟路小學呢？嗯，我是說……」拆信貓清了清嗓子，儘量讓自己的聲音聽起來更清晰，「香樟路小學一共有幾個校區呢？」

「幾個校區？」格子太太的眉頭皺起來，「為什麼要有幾個校區？一個還不夠嗎？一個都忙不過來，你還要塔塔上幾個校區？天啊！」

格子太太喃喃自語，她把信紙按原樣摺好，塞回信封，然後爬到牀頭，把信擺在牀頭櫃上，和第一封信、第二封信並排放在一起。

格子太太當然不會知道，第三封信其實是山南邊社區醫院的李醫生寫的。李醫生在信裏說，她已經離開社區醫院，到了鎮上的醫院，不是去工作，而是去接受治療。看，醫生也會生病。李醫生提醒格子太太注意身體，不要想太多，放鬆心情，照顧好自己。

從格子太太的房間裏出來，經過警衞室的時

候，拆信貓和田大廚閒聊了一會兒。

「你讓塔塔在信裹呼喚他的格子婆婆，請她回去，噢，這樣的話，你不擔心格子太太再嚷着要往外跑，一個人去找塔塔嗎？」田大廚緊張起來，「要是一不留神讓格子太太跑出去，她在外面迷了路，那就糟了！」

「這一次，我還真希望格子太太嚷着去找塔塔呢。」拆信貓說，「如果格子太太要出門，你就趁機詳細地問一問塔塔的地址。長頸鹿先生去過香樟路小學了，在那兒他並沒有找到塔塔。要是格子太太能說出塔塔家裏的地址就好了。學校也許有好幾個校區，但是家住的地址一般只有一個哦。問到了地址，就可以送格子太太回去了。」

「明白了。」田大廚摸摸腦袋，「可是，要是格子太太悄悄溜出去，而我沒看見，那該怎麼辦？」

「所以，你要很認真很認真地把守好休養院的這道門。」拆信貓抱着胳膊，很認真很認真地

說。

　　田大廚使勁地點了一下頭：「沒問題！」

　　夕陽慢慢落下，拆信貓慢吞吞地往自己的木屋走。

　　靠近木屋的時候，她忽然瞥見她那鼓鼓囊囊的錢包出現在窗台上。

　　是長頸鹿先生留下的。

　　「啊！這怎麼說得過呢！」拆信貓轉過身，對着夕陽下的山頭，喃喃地說，「讓你找翠翠，找塔塔，花了你那麼多時間，我都不好意思了，你還自己掏錢幫格子太太付了做連衣裙的錢……唉……」

　　晚霞映紅了天邊，圓圓的山頭籠罩在燦爛的紅雲下，靜默着像一個呆呆的巨人。

第十五章

一個好消息，一個壞消息

吃過早餐，拆信貓烤了一盤梔子花餅乾，放在雪白的盤子裏，準備給格子太太送去。

經過休養院的大門，田大廚拿走一塊餅乾，在盤子中間放了一顆新鮮的櫻桃。

十一塊餅乾圍着一顆紅櫻桃，看起來很漂亮。

那顆櫻桃是他吃早餐的時候留下的，就這麼一顆，它原本是在一塊忌廉蛋糕上的。

拆信貓托着雪白的盤子往裏面走，田大廚追上來。

「其實，這顆櫻桃是特地留給你的！」

「哦，謝謝你。」拆信貓抬起大臉，眨着眼睛說，「給格子太太吧，也許她更喜歡。」

「如果她早餐吃了忌廉蛋糕的話，那麼就已經吃過櫻桃了。每塊蛋糕上都有一顆櫻桃。」田大廚說，「這顆還是你吃吧。」

拆信貓瞇起眼睛笑了笑，端着盤子往1號別墅走去。

格子太太不在房間裏。

拆信貓走出別墅，瞥見空曠的院子裏那張長椅的上方，撐着一把大花傘，傘下露出兩個腦袋。

拆信貓雙手托着盤子走過去。

園丁正在和格子太太說着話。

「格子太太，你真的已經收到三封信了嗎？」

「是的，三封。」

「都是塔塔寫給你的？」

「是的，是塔塔。」

「你真是太幸福了！」

109

「你還沒有收過信嗎？」

「沒有。但早晚會收到的，不是嗎？」

「你們好哦。」拆信貓跳到格子太太和園丁跟前，把雪白的盤子高高舉過頭頂，「剛出爐的梔子花餅乾！邊吃邊聊吧！」

「嗯……好香啊！」園丁眼睛發亮，把手伸向盤子。

「櫻桃？看見嗎？是櫻桃！」格子太太忽然叫起來，「我今天吃早餐的時候，要了一塊忌廉蛋糕，上面也有一顆櫻桃。天啊，它們看起來一模一樣，簡直就是同一根枝條上長出來的！」

「格子太太。」拆信貓激動起來，托着盤子的雙手都有些顫抖了，圓圓的大眼睛從盤子底下往上看，使勁盯着格子太太，「除了忌廉蛋糕，您今天早餐還吃了什麼呢？」

格子太太想了想說：「還有一隻雞蛋、一碟蔬菜，嗯……好像還有……還有好幾樣……想不起來了。」

「好棒啊！」拆信貓驚叫着，把盤子擱在椅

110

子上，騰出雙手用力鼓掌，「格子太太，您的記性變好啦！變好啦！」

「是啊是啊，格子太太，你的記性變好了！」園丁也跟着鼓掌。

格子太太愣了愣，看看拆信貓，看看園丁，一本正經地問：「真的嗎？」

「真的。」園丁說，「你能記得自己吃過的早餐，實在是太了不起了！要知道，之前你連有沒有吃過都不記得，現在的你真是太棒了！」

「這麼說，我的記性真的變好了！」格子太太猛地站起來，扔掉手上的大花傘，朝着1號別墅飛快地跑去。

拆信貓和園丁連忙跟上去。

格子太太拉開椅子，在書桌前坐下，從抽屜裏取出一本藍色封面的日記簿、一枝閃亮的銀灰色鋼筆，迫不及待地翻開日記簿的第一頁，用微微顫抖的手，笨拙又專注地寫起字來。

「她在寫什麼？」園丁站在門口，脖子伸得很長。

「噓——」拆信貓示意園丁別說話，然後輕輕把門關上。

「格子太太在裏面寫什麼呢？」園丁好奇極了，「她來休養院這麼多天，我從來沒見過她寫字。」

「從今天開始，格子太太恐怕要經常寫日記了。」拆信貓笑得停不下來，「真是太好了，格子太太的記性總算慢慢好起來了。」

「為什麼要寫日記？是誰教她寫日記的？」園丁的問題還真不少。

「是我的主意。」拆信貓說，「我送了一本日記簿給格子太太，告訴她如果記得今天吃過什麼，見過哪些人，發生了什麼愉快的事，就把它們通通記下來，每天記，每天記，記性就會越來越好。」

「哇，這個方法聽起來真不錯。」園丁笑着說，「格子太太也許會把我寫到日記裏，哦，她在日記裏不要叫我木匠才好。」

「木匠也很棒哦。」拆信貓說。

「可是跟園丁比起來，就遜色了那麼一點點。」園丁說，「木匠是按照規定把東西做出來，園丁是提供好的環境幫助植物自己生長。園丁更有意思，不是嗎？」

「有道理。」拆信貓扭頭看了看格子太太的房門，反覆嘮叨着，「幫助植物自己生長。真好，真好。」

格子太太的記性好起來了，這真是個值得所有人為她高興的好消息。

這個好消息，拆信貓一分鐘都不想藏着，於是跑去告訴這個，告訴那個。很快，休養院所有人都知道了——格子太太的記性好起來了！

大家都為格子太太高興。

郝姐姐和龍醫生的表情卻很複雜。

「格子太太記得自己吃過的早餐，這真是一個好消息。」郝姐姐笑了笑，然後歎了口氣，說，「不過，還有一個壞消息。」

「什麼？」拆信貓瞪大眼睛。

「關於塔塔一家。」龍醫生接過話，「最近

我們一直在想辦法聯繫格子太太的家人，奇怪的是，這件事情做起來比想像的複雜很多。目前打聽到的消息是，格子太太孤身一人，根本就沒有兒子，更不可能有孫子。」

龍醫生扶着眼鏡，和郝姐姐對視一眼，神情嚴肅。

「但是我們不會放棄的，一定要想辦法把事情弄清楚。」郝姐姐說。

「究竟是什麼回事啊？」拆信貓摸着鬍子，陷入了沉思。

第十六章

格子太太的第四封信

雨後，風從原野吹來，帶着絲絲涼意。

拆信貓的圍巾提前織好了。橘色的圍巾被她摺疊成吐司麵包那樣厚厚的方塊，裝在一個簇新的紙盒裏，上面擺了一朵風乾的梔子花，雪白、純淨。

她把紙盒放到窗台上。等到天空晴朗，陽光就會照在橘色的圍巾上，讓它變得更暖和。

「看，就快立秋了。」拆信貓坐在窗台上，雙手撐着玻璃窗，大臉貼上去，遙望南邊的山。

如果旅行兔順着山路回來，拆信貓第一眼就能看見他。

　　過了一會兒，拆信貓又嘀咕了一句：「夏天總算要過去了，你腿上的傷好了嗎？」

　　沒有人回答她。

　　「我把你送給我的日記簿送了給格子太太。其實，我有點捨不得，但看到格子太太很認真地在上面寫字，我是多麼開心啊！」拆信貓看着遠處，「你知道嗎？我在日記簿的每一頁都畫了大大的圖案，盤子、懷抱、笑臉……我教曉格子太太在盤子圖案裏寫吃過的食物，在懷抱圖案裏寫見過的人，在笑臉圖案上寫開心的事情……」

　　說到這裏，拆信貓嘴巴一咧，笑了。她把手抬起來，對着通往山上的那條小路揮了揮，又揮了揮，然後從窗台上跳下來。

　　她走到屋子的角落裏，站在那台老掉牙的風扇跟前，伸手撫摸那圓圓而粗糙的罩子，那是旅行兔用藤條一點一點編織成的。

　　拆信貓找來一個最大的紙盒，把風扇放倒，搬進紙盒，然後用一塊乾淨的布蓋上。

　　那塊布是休養院淘汰下來的窗簾，白色和粉

色相間的條紋，因為太舊了，所以看起來粉色和白色已經很接近了。

做完這些，拆信貓伸了個懶腰，爬進一個披着藍色帳幕的紙盒裏，開始她的午睡。

格子太太卻睡不着，坐在書桌前寫日記，把吃過的午餐、見過的人，甚至說過的話、心裏閃過的念頭，都寫在那些大大的圖案裏。她有寫不完的話，而且感受到這種記錄帶給她的快樂和滿足。她凝視着日記簿上密密麻麻的字，一種自豪感油然而生。

過了好一會兒，她放下筆站起來，拿着日記簿走到窗前，看着窗外的草地，自己跟自己對話。

「格子太太，明天就是星期天了，對嗎？」

「是的。長頸鹿先生是個負責任的郵差，明天中午會跑到休養院送信，也許這次還是會有我的信。」

「那就是你的第四封信了！」

「是的，第四封信。」

「那麼，一定是塔塔寫的咯。」

「當然啦，是塔塔寫給我的。」

格子太太笑起來，「哈哈哈、哈哈哈。」

一縷陽光扒開雲縫，照在窗前的草地上，一隻蝸牛從一株蒲公英上掉下來，默默調整一下姿勢，又開始往上爬。

格子太太的記性好起來，心情也好起來，整個世界在她眼裏都變得更加美好可愛了。

第二天，長頸鹿先生來了。

「這次有格子太太的信嗎？」拆信貓問。

「有。」長頸鹿先生拖着長音說，「這是格子太太的第四封信啦！」

「對了，格子太太的第三封信是社區醫院的李醫生寫來的，李醫生說自己生病了，住進鎮上的醫院。唉，也不知道情況怎麼樣，你能不能……哦，我是說，你回到山南邊，如果有時間的話，能不能去鎮上的醫院找一找李醫生，問候一下她，說格子太太想念她，格子太太希望她好好養身體，盼望她早日康復。」

拆信貓抬着大臉，充滿期待又很不好意思地看着長頸鹿先生。

「沒問題，這件事情交給我吧。」長頸鹿先生說。

拆信貓覺得長頸鹿先生好帥，好有風度哦。

「走咯。」長頸鹿先生晃了晃腦袋，「送信去吧。」

拆信貓爬上長頸鹿先生的後背，緊緊摟住他的脖子。

他們走近休養院的時候，格子太太已經在警衞室等候了。田大廚趁機跟格子太太聊起來，盡力幫助格子太太回憶塔塔的住址，但格子太太就是說不清楚。

看見長頸鹿先生遠遠走來，格子太太手舞足蹈地迎上去，興奮得像個小女孩。

事實沒有讓她失望，她的第四封信已經被拆信貓從郵包裏取出來，握在手上。

信封上的筆跡和前面三封完全不同。

「噢，我就知道會有我的信。」格子太太把信封捧在胸前，像個大獲全勝的將軍。

「格子太太，我可以為您拆信嗎？」拆信貓感到自己很激動。

「對對對，快拆，現在就拆。」格子太太把信交給拆信貓，「我都等不及了。」

拆信貓摸摸心口，心裏在祈禱，但

願這次真的是塔塔寫的。

田大廚請她們走進警衞室裏。

拆信貓站在桌子上，把粉紅的鼻頭貼近信紙
嗅一下，嘴巴裏打出一連串呼嚕，咕嚕咕嚕地
喊：「現在是拆信貓時間！」腦袋一歪，用嘴邊
最鋒利的一根鬍鬚劃開信封。警衞室立刻瀰漫着
好聞的梔子花氣味。

「快讀給我聽吧。」格子太太從椅子上站起
來。

拆信貓輕輕呼了口氣，把信紙打開。

她的目光緊緊注視着信上的每一個字，表情
變得驚訝，然後嘴角一點點、一點點翹起來。

「塔塔在信上說了什麼？」格子太太緊緊盯
着拆信貓的嘴巴。

拆信貓笑了，笑得鬍子都顫抖起來。

「還是我自己來看吧！」格子太太伸手去拿
信紙。

拆信貓把信紙遞給她。

這封信真的是塔塔寫的！這一次，拆信貓沒

有使用自己的神奇本領，沒有改變信的內容，信上的每一個字都被格子太太原原本本讀了出來。

> 　　格子婆婆，我是塔塔，您最愛的塔塔。自從您離開我們，一個人回老家，我就再也沒見過您，我是多麼想念您！要不是香樟路小學的老師想辦法聯繫到我，我都不知道您已經住到休養院。格子婆婆，您身體還好嗎？我已經長大，上大學二年級，這個暑假忙着在爸爸的農場實習。等着哦，實習結束，我就去休養院找您！

　　格子太太回到房間，把第四封信放在牀頭櫃上，讓它緊挨着第三封信。

　　四個信封並排擺在一起，大小、顏色完全不同。

　　小小的牀頭櫃已經沒有多餘的地方。

第十七章

收到第**五、六、七**封信

　　格子太太總是說，塔塔讀四年級，所以在大家的想像裏，塔塔是個小男孩，誰會想到現在的塔塔已經讀大學二年級，是個小伙子了！

　　消息在休養院傳開，所有人都張大嘴巴，然後「呵呵呵」、「哈哈哈」開心地笑起來。

　　「整整十年過去了。」郝姐姐感慨道，「原來格子太太的記憶一直停留在十年前。」

　　郝姐姐的聲音柔柔的、軟軟的，真好聽。

　　「是的，她太在乎十年前的生活，因此記憶庫裏存放的都是十年前的東西，塞得滿滿的，根本騰不出空間來記着現在發生的事情，這使她看

起來記性變差了。」龍醫生說。

　　拆信貓安靜地窩在龍醫生的懷抱裏，思考着一個她認為有些嚴重的問題。

　　「不過現在情況好轉了，格子太太開始留意眼前的生活了。」郝姐姐靠近拆信貓，伸出修長的手臂，想要把她抱過去。

　　拆信貓瞇着眼睛，緩緩地挺了挺身子。

　　郝姐姐把她抱在懷裏，温柔地撫摸她光滑漂亮的後背。

　　郝姐姐那帶着香氣的長頭髮打成卷兒拂過拆信貓的大臉，拆信貓不禁抽了抽鼻子。

　　「你看起來心事重重哦。」郝姐姐低下頭，注視着拆信貓。

　　「人家在思考一個很嚴重的問題。」拆信貓回答。

　　「什麼問題？」郝姐姐和龍醫生都很感興趣。

　　拆信貓猶豫了一下，把臉抬得高高的，說：「十年了，塔塔和格子太太從沒見過面！我不明

白，為什麼塔塔和他的爸爸媽媽沒去過老家探望格子太太呢？」

「我剛剛也在思考這個問題。」龍醫生走到辦公桌前，扶了扶眼鏡，分析道，「格子太太把塔塔帶大，然後一個人回老家，塔塔的爸爸媽媽怎麼會放心呢？要是讓格子太太一個人住在老家，逢年過節，他們也該回去探望一下，怎麼會十年沒見面？這裏面會不會有什麼誤會？」

「也許，塔塔的爸爸媽媽回去探望過格子太太，而塔塔的功課太繁多，實在走不開。」郝姐姐頓了頓，搖搖頭接着說，「不對呀，這說不過去，那是自己的婆婆，再忙也得回去探望一下。」

拆信貓感到頭都大了。

大家都陷入了困惑，格子太太的狀態卻越來越好，記憶寶庫裏新增的內容越來越豐富，感興趣的事情越來越多，還跟着拆信貓到木屋，圍着烤爐學做餅乾。

「這樣就公平了，我教曉你織圍巾，你教曉

我烤梔子花餅乾。」格子太太一邊吃着自己烤的餅乾，一邊說，「味道還行，不過比起你做的，實在是差遠了。」

拆信貓拿起一塊餅乾，嘗了嘗，朝格子太太豎起大拇指，說：「還不錯！」

「這怎能說不錯呢？」格子太太瞪着眼睛，「我做的糕點和餃子，那味道才叫不錯。可惜你沒吃過。」

「等您有空了，做給我吃，好嗎？」

「我每天都有空。」格子太太激動起來，「哦，也許……也許我可以在休養院好好展示一下我的廚藝，舉辦一個美食節，請所有人都來品嘗我做的美食，好嗎？」

拆信貓跟着激動起來：「這個主意真好！田大廚知道該樂壞了！」

「可是現在好像還不行。」格子太太皺起了眉頭，「我的記性還沒有完全變好，要是把東西弄壞了，那多浪費呀！」

「不急，我有的是耐性。」拆信貓連忙說。

轉眼又到了星期天。

長頸鹿先生帶着郵包如約而至，一下帶來了格子太太的第五、六、七封信。

「快幫我拆開，全都拆開，看看塔塔在信裏說些什麼，哪天來看我？是不是已經定下日子

了？」格子太太坐在院子裏最中間的長椅子上。

休養院的客人們都圍坐在格子太太身旁，嚷着：「拆信貓，快拆信吧！」

大家都很着急，都想知道塔塔哪天來休養院探望格子太太。

拆信貓拿着三封信，心情有些緊張。

三個信封的顏色、大小都不一樣，信封上的筆跡也各不相同。

拆信貓把粉紅的鼻頭貼近信紙嗅一下，嘴巴裏打出一連串呼嚕，咕嚕咕嚕地喊：「現在是拆信貓時間！」腦袋一歪，用嘴邊最鋒利的一根鬍鬚劃開一個信封。

是裁縫店的翠翠寫的。拆信貓握着信紙大聲讀起來：

格子太太，翠翠向您問好！您不在的這些日子，我總是想起您，想起您穿着簇新的連衣裙，美麗優雅、和善慈祥的模樣。祝您在休養院一切都好！

其實，翠翠在信裏說，她已經收到做連衣裙的錢了，可是，因為生意不好，裁縫店下個月就要關門了，她在考慮開什麼店比較好。

拆信貓又拆開一封信。

是清潔工人老葛寫的。拆信貓把信大聲讀出來：

格子太太，我是你的朋友老葛。你去休養院好長一段時間了，我挺惦記你的。你待人那麼好，到哪兒都會遇到朋友，不過可別忘了我這個老朋友哦！

其實，老葛在信裏說，格子太太弄丟的那張藤椅還沒找到，他會繼續找下去。格子太太的院子裏野草叢生，月季花都快被野草吞沒了，一場大雨過後，黃豆那麼大的橘子掉落不少。

拆信貓又拆開一封信。

是李醫生寫的。拆信貓把信讀出來：

格子太太，給你寫信，我感到很愉快。你看，藍天多麼純淨，花朵多麼漂亮，這個世界真是美好。你要一直一直開心，一直一直勇敢，珍惜健康快樂的每一天。

其實，李醫生在信裏說，格子太太請長頸鹿先生帶給她的祝福，她已經收到了，很感動。她的病情開始惡化，已經沒法下牀活動了，只希望自己留給格子太太的印象永遠都是健康快樂的。

格子太太把三封信拿過去，小心地捧在胸前，笑着，笑着，像個幸福的小女孩。

牀頭櫃上已經放不下這三封信，格子太太把所有信全都擺在窗台上。

七封信在窗台上排成一列，在陽光下，閃爍成一道特別的風景。

第十八章

鴿羣往南飛

　　暑熱終於退去，立秋已過，處暑不遠了。

　　晚餐後，院子裏散落的長椅子上擠滿了人，田大廚、郝姐姐、龍醫生、園丁，還有休養院的其他客人，都陪伴着格子太太，聽她講過去的事。

　　格子太太的記憶寶庫一點兒一點兒打開，她終於在寶庫裏找到了離開塔塔後，一個人生活在老家的一些記憶。她把這些記憶撿起來，一點兒一點兒說給關心她的人們聽。

　　她說起了自己的房子，說起了最愛的那張藤椅，說起了破舊的圍牆，說起了院子裏的果樹和

蔬菜，說起了和裁縫店的翠翠、清潔工人老葛、社區醫院的李醫生之間的友誼，甚至說起了自己的孤獨和失落。

當一個人能夠輕描淡寫地說出曾經的孤獨和失落，說明她此刻已告別孤獨和失落。

「看起來我的生活平靜而安逸，但是我非常想念塔塔，我知道這一生，塔塔都是我最寶貝的人。」

夕陽露出紅彤彤的臉，把格子太太的臉也映得紅紅的。

拆信貓安靜地趴在格子太太的大腿上，感受着格子太太的手心一遍遍劃過她的後背所帶來的溫情與美好。

「那你為什麼不回去找他們呢？你可以回到塔塔身邊，重新跟他們一起生活。」一旁的園丁伸了伸脖子，大聲問。

「是啊。」一些聲音附和着。

格子太太搖搖頭說：「既然選擇離開，就不應該再去打擾他們一家。」

「自己的兒子、兒媳婦、孫子，怎麼能叫打擾呢？」

格子太太把頭低下去。夕陽溫柔地撫摸她鬆軟花白的髮髻，為它鍍上了一層薄薄的亮紅色。

拆信貓抬起大臉，看見格子太太潮濕的眼睛。

「格子太太。」拆信貓輕輕踩了踩她的大腿。

所有人都耐心等待着。

沉默了一會兒，格子太太緩緩抬起眼睛，深吸一口氣，慢慢地說：「塔塔不是我的孫子。在塔塔出生的前幾天，塔塔的爸爸媽媽聘用了我……」

所有人都愣住了。

「我沒有親人，在我心裏，塔塔就是我的親孫子。」格子太太加強了語氣。

大家都沉默了。

「『格子』是塔塔送給我的名字。塔塔三歲的時候對我說，婆婆胖乎乎的，像鴿子一樣可

愛，就叫『鴿子婆婆』吧。再長大些，塔塔學會寫字，『鴿子』的『鴿』不容易寫，就鬧着玩兒寫『格』字代替，後來他寫日記、寫作文就一直把我寫成『格子婆婆』。現在塔塔長大了，我知道我應該有自己的生活，而不是總沉浸在過去。」格子太太把肩膀沉下去，抬起眼睛看向南邊的山，如釋重負又滿懷期許的樣子。

「你能這樣想，真好。」郝姐姐蹲在格子太太膝下，拉住她的手，温柔地說，「在塔塔心裏，也一定把你當成自己的親婆婆。」

「是啊，是啊。」好多聲音一起附和着。

拆信貓猶豫一下，問格子太太：「如果塔塔這次來要接您回去，您跟他回家嗎？」

所有人都注視着格子太太。

格子太太嘴角牽動着，沒有回答。

日子似乎變得緩慢了，每一天，休養院所有人都無數次朝着大門張望，盼望塔塔出現。

格子太太卻沒有盯着大門，她每天按時吃飯，按時睡覺，專心寫日記。

日記簿上的字越來越多，她找來信紙，把一些有意思的事情謄抄上去，交給拆信貓，拜託她在長頸鹿先生到來的時候，請他把信帶到山南邊，給翠翠、給老葛、給李醫生、給所有幫助過她的人。

　　園丁看見格子太太這樣做，也找來信紙，說要給自己的家人寫信。他一直在盼望來信，但一直沒有收到，現在他終於想明白，既然收不到信，那就主動寫信吧。

　　秋天不慌不忙地趕來，鴿羣在秋風裏飛翔，從容又愉快。

　　午後，格子太太坐在別墅外面的台階上，把麪包一點點撕碎，悠閒地餵着鴿子。鴿羣圍繞着她，彷彿孩子們圍繞着自己的母親。

　　「都別爭哦，慢慢吃。麪包多着呢！」格子太太笑出了三個下巴。

　　拆信貓蹲在她身旁，忍不住又問：「如果塔塔這次來要接您回去，您跟他回家嗎？」

　　「可以去看一看。」格子太太顯然經過深思

熟慮，「但我還是會回老家的。我現在很想念翠翠、老葛和李醫生他們，院子也該收拾一下，忙完了再回休養院住一段時間，我的美食節還沒辦呢！噢，仔細想想，我以後的生活將會多麼有趣、多麼美好！」

拆信貓站起來，摟住格子太太的胳膊，大臉緊緊貼着格子太太肉嘟嘟的手臂，嘴巴裏發出「咕嚕咕嚕」的聲音。

鴿羣突然飛起來，格子太太抬起眼睛，逆光中，一個年輕的身影正往這邊移動，高大、挺拔，風度翩翩。

「是塔塔嗎？是的。我的直覺告訴我，是的。」

格子太太的心猛地一驚，緩緩站起來，微笑着，迎向那個身影。

鴿羣在他們頭頂盤旋，歡呼着，忙着獻上最美的祝福。

兩個身影擁抱在一起，一個矮胖，一個高瘦。拆信貓鼻子一酸，有點兒想哭。

第二天，格子太太跟着塔塔離開了休養院，和她一起離開的，還有鴿羣。

　　鴿羣跟着他們往南方飛去了。

　　拆信貓奔跑着送別他們。

　　暮色降臨的時候，她回到自己的木屋。

　　餐桌上放着一本日記簿，淡淡的藍色封面。

　　「天啊！」拆信貓叫起來，「日記簿不是被格子太太帶走了嗎？怎麼自己跑回來了？」

　　她把日記簿拿起來，發現封面上印着的一隻腳印，居然不是貓的腳印，而是兔子的腳印。

　　這不是她送給格子太太的那本日記簿！

　　拆信貓感到自己的心跳得很厲害。她把日記簿翻開，裏面是多麼熟悉的筆跡！是旅行兔的傑作，有歪歪扭扭的字，也有橫七豎八的筆劃；有碧海，也有雪山；有蝸牛，也有大水牛……還有許多令她感到新奇陌生的東西……目不暇給。

　　「我要去找一個辦法，讓你可以看到外面的世界。」旅行兔不止一次這樣說。

　　他做到了。

他把外面的世界全都寫下來、畫下來，用一本日記簿裝了回來。

　　拆信貓爬上窗台，發現窗台上那紙盒裏的橘色圍巾不見了。

　　窗外傳來動靜，拆信貓瞪大眼睛，看見空曠的草地上，柔柔的暮色中，一團雪白的身體蹲在那台老掉牙的風扇前，長長的耳朵下，橘色的圍巾被胡亂地繞在雪白的脖子上。

　　「你問我山的南邊有什麼，我什麼都不告訴你。這個世界藏着那麼多奧秘，等着旅行者自己去發現……」

　　風從原野吹來，掀起圍巾的一角，也把歌聲帶得很遠很遠。

拆信貓奇妙事件簿 4
記憶失靈的格子太太

作　　者：徐　玲
繪　　圖：高敏怡
責任編輯：楊明慧
美術設計：張思婷
出　　版：新雅文化事業有限公司
　　　　　香港英皇道 499 號北角工業大廈 18 樓
　　　　　電話：(852) 2138 7998
　　　　　傳真：(852) 2597 4003
　　　　　網址：http://www.sunya.com.hk
　　　　　電郵：marketing@sunya.com.hk
發　　行：香港聯合書刊物流有限公司
　　　　　香港荃灣德士古道 220-248 號荃灣工業中心 16 樓
　　　　　電話：(852) 2150 2100
　　　　　傳真：(852) 2407 3062
　　　　　電郵：info@suplogistics.com.hk
印　　刷：中華商務彩色印刷有限公司
　　　　　香港新界大埔汀麗路 36 號
版　　次：二〇二二年二月初版

ISBN: 978-962-08-7907-4
Text copyright © 2019 Xu Ling
Chief Editor: Wang Su
Graphic Designer: Gao Yu
Simplified Chinese edition copyright © 2019 by China Children's Press & Publication Group Co., Ltd.
Traditional Chinese edition copyright © 2022 Sun Ya Publications (HK) Ltd.
This edition arranged through China Children's Press & Publication Group Co., Ltd.
All rights reserved.

18/F, North Point Industrial Building, 499 King's Road, Hong Kong
Published in Hong Kong, China
Printed in China